alta mar

NH

Editorial Bruño

Diseño de cubierta
Miguel GARCÍA RAMOS

Diseño de interior
Miguel GARCÍA RAMOS
M.ª Jesús VELASCO

Ilustración
Juan Ramón ALONSO

Dirige la Colección
Trini MARULL

AVELINO HERNÁNDEZ

Premio Miguel Delibes
de narrativa castellana.

1943

Comentario del texto
Antonio-Manuel FABREGAT

Fotocomposición: SERVIGRAFINT
Fotomecánica: SERVIGRAFINT
ISBN: 84-216-1330-8
Depósito legal: M-39102-1990
Imprime: MELSA

AVELINO HERNÁNDEZ

Avelino HERNÁNDEZ

- Nací y viví de pequeño en Valdegeña (Soria), que es un pueblo donde ya sólo quedan 36 habitantes, al pie del Monte Moncayo.
- De mayor dirigí las actividades culturales de Aranjuez, la promoción cultural de Castilla y algunos programas del Ministerio de Cultura.
- Hoy ya no quiero dirigir nada; me basta con llevar bien el timón de la barca de mi vida... y escribir algunos libros. ¡Que no es poco!
- Escribo novelas, relatos, libros de viajes y ensayos. Y desde hace algún tiempo, cada año escribo dos cuentos para regalárselos a los hijos de mis amigos.
- *1943*, por ejemplo, se lo regalé a las hijas de mi amiga Lourdes.

para ti...

Cuando yo nací, acababa de terminarse una guerra. Mi abuelo tenía en el corral una bomba de aquella guerra y nosotros jugábamos con ella a tirarle piedras para que explotara.

¡Qué barbaridad!

Por eso mi abuelo un día la tiró a un pozo.

Ahora que me he hecho mayor, veo que todas las guerras son una barbaridad.

Por eso me gustaría tirar todas las bombas de todas las guerras a un pozo y escribir, a cambio, un libro que dijera lo hermoso que es vivir la Paz.

Este libro lo intenta.

Si te gusta, escríbeme. Colecciono las cartas de todos mis lectores que aman la Paz tanto como yo.

Este libro —que lleva por título el año de su nacimiento— está escrito para Teresa.

Y para todos cuantos, más o menos, nacimos por entonces. Porque, a la distancia de ahora, nos parece hermoso recordar que fuimos niños felices en aquella cruda posguerra.

Introducción

«LO primero que se ve es un tren que va cruzando una llanura sin árboles; y unas nubes que hay en el cielo, pero pocas, ya que dejan pasar el sol a pesar de que es débil porque es invierno.

Es por la tarde.

El tren es de los antiguos; es de viajeros; lleva cinco vagones de madera. La locomotora va soltando como a borbotones una columna de humo gris que cuando sube un poco más arriba se dobla hacia atrás por la velocidad del tren; y luego se rompe porque hace viento.

La llanura con colinas sin árboles también es gris, como el humo. Es gris porque al no estar sembrada crecen en ella tomillos, aulagas, jaramagos, caléndulas, asfódelos y espliego; y como es invierno, no tienen sus colores; son todas grises.

Hay que decir que el tren que vemos ha salido de la estación de Atocha, de Madrid, hace tres cuartos de hora; y va en dirección a Ocaña, que está en la provincia de Toledo. A lo mejor va más allá, hacia La Mancha y luego hacia Andalucía por el desfiladero de Despeñaperros; pero eso a nosotros ya no nos interesa.

Si nos acercamos al tren que va pasando vemos que lleva pocos pasajeros. Van unos guardiaciviles que están hablando con el revisor; van unos señores; van otros señores que tampoco sabemos a qué se dedican; van dos monjas; va un soldado que seguramente vuelve a su casa porque se asoma cada poco tiempo a la ventanilla como para

mirar a ver si ya está más cerca; va un viajante de comercio, porque lleva esa maleta de madera que ellos utilizan para transportar las muestras de lo que venden.

Y va más gente.

Pero a nosotros lo que más nos llama la atención es un departamento del vagón tercero.

Viajan en él un matrimonio y sus cuatro hijos. Las tres más mayores son niñas y el último es un niño. Las tres más mayores tampoco son muy mayores. La que lleva un lazo en el pelo tendrá trece o catorce años; la que tiene coletas tendrá once; y la otra, pues unos ocho o nueve. El niño ya es mayor; tiene cinco años.

Nos hemos fijado primero en ellos porque, como no pueden estarse quietos y se están moviendo por el vagón —que está vacío—, nos han llamado más la atención.

Pero ahora que los estamos observando con más detenimiento podemos ver más cosas. Podemos ver que la familia ocupa tres compartimentos. Uno lo tienen lleno de bultos: maletas muy usadas, cajas de cartón con unas cuerdas, paquetes y ropa; parece como si estuvieran de mudanzas; la repisa de encima de los asientos que sirve para poner los equipajes también está llena de bultos. En otro departamento viajan los padres. El tercero es el que ocupan los niños; pero está casi siempre vacío, porque ellos andan recorriendo el vagón y jugando por los asientos y por el pasillo.

Es que el vagón donde viaja esta familia está del todo vacío. Al principio no lo estaba; había un ferroviario y un hombre que parecía un ganadero de Colmenar de Oreja; pero como los niños, nada más salir el tren de Atocha, empezaron a enredar y a armar jaleo con la emoción del viaje, el ferroviario y el hombre que parecía un ganadero de Colmenar de Oreja se fueron a otro vagón.

Así que este vagón ahora está todo vacío y los niños lo están utilizando para jugar a sentarse en todos los asientos y a correr por el pasillo y a asomarse por las ventanillas.

Pero en cuanto una niña se sube a un asiento para asomarse por la ventanilla la madre se altera y dice:

—¡Laura, cuida de esa niña, no vaya a pasarle algo!

Bueno, ya ha llegado la hora de confesarlo: Laura soy yo, la mayor de los cuatro hermanos, la que llevaba un lazo en el pelo.

Ahora tengo catorce años y es abril de 1944. Pero cuando hicimos el viaje que estoy contando tenía trece y era enero de 1943. Es que la Sor nos ha puesto en clase un ejercicio de redacción sobre un viaje y yo he decidido contar el que hicimos toda la familia cuando vinimos a vivir a Aranjuez. Papá había ganado la guerra que hubo por entonces, pero no quiso seguir en el Ejército y aceptó un trabajo en esa ciudad.

Laura Montalvo
Aranjuez, abril de 1944.»

NOTA DEL AUTOR.
Yo he conocido a Laura bastantes años después: es la hermana mayor de mi mujer —la que en el viaje llevaba coletas.

Frecuentemente las hermanas vuelven a encontrarse; y casi de forma inevitable surgen en sus encuentros los recuerdos de Aranjuez. Aquello fue demasiado importante para las tres: allí se dieron de bruces con la vida.

Cierta tarde, en el transcurso de uno de estos encuentros, Laura se decidió a enseñarnos el cuaderno en el que redactó sus impresiones de adolescente a lo largo de 1943. (La «Introducción» que acabo de reproducir es uno de los temas que contenía.)

Esta historia está construida sobre los textos del cuaderno de Laura adolescente. En ocasiones se incluyen algunos fragmentos en su redacción original.

El viaje

1 El caballero triste

MIENTRAS el tren, pasado ya Seseña, emboca la Vega del Jarama, y los cuatro niños se pegan a la ventanilla tratando de vislumbrar Aranjuez a lo lejos, los padres continúan sentados juntos, en silencio.

Es un silencio que duele.

La madre es todavía joven y viste de claro; pero está a ojos vistas desmejorada. Ha debido de sufrir mucho en los últimos tiempos. Durante todo el viaje se ha ocupado en estar atenta a los hijos y en revisar el contenido de algunas piezas del equipaje. A intervalos distantes ha preguntado algo o ha comentado alguna cosa con su marido.

Él, cuando han montado en Atocha, se ha encargado de subir todos los bultos y de colocarlos en el vagón; les ha dicho a los hijos, sin gran convencimiento, que se porten bien, que no enreden; y se ha sentado en su departamento.

Llevaba traje oscuro y gabardina clara. En un maletín

de mano usado había puesto un libro de ingeniería y unos viejos apuntes de física; en la estación ha comprado un diario. Pero no ha leído nada. Durante el viaje apenas ha hablado —ha respondido a su mujer con monosílabos— o se ha ocupado de algo. Va reconcentrado; serio. Está triste; quizá porque recuerda; quizá porque piensa en mañana: viaja con su familia a Aranjuez para hacerse cargo del departamento de ingeniería de una antigua industria militar. Sin duda es un buen puesto para los tiempos que corren.

Es algunos años mayor que su mujer; pero sobre todo está mucho más trabajado. Está muy trabajado.

Recuerda ahora, mientras el tren discurre por la campiña azotada por el frío viento de invierno, su titulación de ingeniero. Y su primer trabajo en las oficinas de aquella empresa que tenía su local social en el Paseo del Borne, en Palma de Mallorca. Hacía ya dieciocho años. Allí había nacido. Allí se casó. Allí nacieron sus tres hijas...

Cuando nació el cuarto estaba en el frente de Brunete alistado en las filas de quienes se unieron a la facción del Ejército que se había sublevado en África contra el Gobierno de la República en julio de 1936.

El rostro serio de aquel hombre se ensombrece más si cabe. Ha mirado a los niños que, alegremente, siguen jugando a sentarse en todos los asientos del vagón vacío. Un gesto de contrariedad se ha esbozado en su rostro. Se diría que está pensando en lo que puede esperarles a aquellas criaturas cuando se adentren en un mundo desconocido apenas desciendan en la próxima estación. ¿O acaso está recordando el tiempo en el que la guerra le tuvo separado de los suyos? En realidad, nadie sabrá que si se ha nublado su rostro al mirar a sus hijos, es porque piensa que nunca sabrá explicarles, el día que se lo pregunten, por qué se alistó en aquel ejército para hacer aquella guerra; él había saludado, convencido, la aurora de la República... Las contradicciones con que se teje la vida de un hombre son gobernables hasta que se le impone decidir tajantemente entre negro o blanco.

Cuando concluyó la contienda tenía una posición excelente en el Ejército. Pero hacía unos meses decidió dejarlo: apenas le comunicaron que existía para él un trabajo civil en las viejas instalaciones de la fábrica de armamento en Aranjuez. Sin duda era un buen puesto para los tiempos que corrían.

La locomotora está silbando aguda y prolongadamente. Los niños se han apiñado contra el cristal. La madre se azara. Y el ferroviario que abandonó el vagón para ocupar el contiguo, retorna ahora; al pasar por el departamento de nuestro hombre, que ha levantado la vista y le mira triste, dice:

—Caballero, estamos llegando a Aranjuez.

2 En un coche de caballos

EL tren se ha detenido en el andén, haciendo chirriar los frenos. La marquesina se ha llenado con el humo de la locomotora. El jefe de la estación está tocando una campana.

La estación está rota por muchos sitios: el pavimento, cristales de ventanas, el quiosco de la prensa, una puerta, el reloj...; ha sido por la guerra. Pero parece que ya la van a arreglar porque han puesto unos andamios.

Los primeros en bajar han sido las tres niñas. Ahora miran a lo largo del andén vacío. Hay algunos hombres muy serios asomándose por algunas ventanas y el hijo del jefe de estación, que también es un niño, las está mirando detrás de un balcón que tiene visillos blancos y unas macetas con geranios.

Ha descendido también la madre con el niño. El padre, por la ventanilla, está empezando a descargar los numerosos bultos del equipaje. Laura no los alcanza, pero coge al niño y así la madre puede ayudar a descargarlos.

—Mamá, ¿dónde está el coche de caballos? ¡No lo vemos!

—¡Dejadme ahora! Ya aparecerá. Laura, deja el niño. ¡Ayúdame!

Les habían dicho que en la estación de Aranjuez estaría esperándoles un coche de caballos; un coche con tres caballos: uno blanco, otro negro, y el de delante, bayo.

—Mamá, ¡no lo vemos! ¿Dónde está? ¿No va a venir ya?

Aquel carruaje, antes de la guerra, era el que hacía el servicio de viajeros y de correos desde la estación. Pero mataron al cochero los del otro bando. Ahora dicen que van a traer de Madrid un auto.

El padre le había pedido al director de la fábrica que viniera el coche de caballos para llevar hasta casa a su familia. Era un capricho. Lo había hecho por los niños... pero ahora no tiene tiempo de ocuparse de eso. Aún quedan por descargar algunos bultos del vagón. Su mujer no puede darse más prisa; se cansa; y está nerviosa. Todos los viajeros están en las ventanillas mirándoles. Los bultos se amontonan en desorden a su pies. Desde la máquina el fogonero, que también los observa tiznado de carbón, hace sonar silbidos agudos como para decirles que se apuren. El jefe de estación, también nervioso, duda en ir a ayudarles. Unos hombres se han asomado a la puerta de la taberna y miran. Hay un pobre que está esperando a que terminen para acercarse a pedirles limosna.

JBA

Y entonces, por la sala de espera, ha aparecido el cochero. Los niños lo han reconocido enseguida; tiene que ser él: lleva alpargatas blancas de esparto, un pantalón negro de pana, una faja también negra y una camisa blanca; tiene un bigote ancho, una gorra de visera, es fuerte y corpulento, avanza a zancadas y cruza el andén muy sofocado:

—¡Buenas tardes, señores! Ustedes disculpen. Déjeme, usted, señora.

En un santiamén agiliza la descarga. Los tres niños pequeños, casi a sus pies, le miran atentísimos con ojos inmensos. Desde el vagón, el padre le entrega los últimos bultos; han terminado; y baja él, a su vez.

Desde las ventanillas, algunos viajeros aplauden. Hay un montón de paquetes y maletas en el andén. El padre saluda al cochero, que se ha quitado la visera y tiende la mano. La locomotora silba y el tren va a partir. Leticia, enredando con las coletas entre los dedos, se ha plantado delante del hombre y ha preguntado:

—Señor, ¿dónde tiene usted el coche de caballos para llevarnos a casa?

El hombre le acaricia el pelo y, cargando con las maletas más pesadas, comienza a andar. Los niños, rodeándole, le siguen. Los padres cogen paquetes.

—¡Laura, lleva tú algo también!

El camino desde la estación a Aranjuez no es largo: una avenida ancha y recta cubierta del espeso ramaje de inmensos plátanos de jardín que crecen a ambos lados. Se llama la calle de la Ribereña. Antaño, casi hará un siglo, discurría por allí un brazo de ferrocarril que acercaba grandes de España y viajeros ilustres hasta el Palacio de la Familia Real. Porque al fondo de la calle de la Ribereña está el Palacio Real.

Todo esto ya se lo había adelantado el padre a sus niños cuando les contó que entrarían en Aranjuez en coche de caballos. Y ahora, mientras el carruaje avanza, las ramas desnudas por el intenso invierno entristecen la paz herida de la tarde.

Los niños, alborozados, han pedido a sus padres que les dejen subirse al pescante con el cochero.

—¡Pero tened cuidado! ¡Y cuídelos usted, sobre todo, por Dios!

—Descuide, señora.

Un remolino de hojarasca seca se levanta con el trote de los caballos. El de delante, que es bayo, lleva un collar de cascabeles que tintinean. El cochero restalla el látigo.

—¡Por favor, no les pegue!

El cochero baja el látigo y les dice:

—La vía que antes pasaba por aquí era de oro.

—¿Ya está cerca el palacio del rey, señor?

—¡Calla ahora con eso, nos estaba contando que había una vía de oro por aquí! ¿Era verdad eso, señor?

—La vía era de oro. Este ferrocarril fue el segundo que se hizo en España; sépanlo ustedes. Y el señor que lo hizo les regaló a los reyes cien metros de raíl

hechos de oro; los cien metros últimos, que entraban ya en el Palacio Real.

—Nosotros también vamos a tener una casa muy bonita.

—Papá le ha encargado a usted que venga a buscarnos para que nos lleve a nuestra casa.

—Nuestra casa estará en el campo.

—Estará toda rodeada de árboles grandes como estos.

—Y otros árboles serán frutales; árboles de guindas, árboles de manzanas, árboles de almendras y más.

—¿Usted también tiene una casa?

—Sí.

—¿Y no se la rompieron en la guerra? Mamá tenía una casa y un día que hubo más guerra nos escondimos en el sótano y al subir, cuando ya había pasado todo, la lámpara de pedrería del salón estaba estrellada contra el suelo. Yo lloré.

El cochero, quizá para ganar tiempo y llevar la conversación por otro camino, levantó el látigo.

—¡Por favor, no les pegue!

Y el cochero bajó el látigo.

Al lado del camino, entre las frondas, se empezaban a ver algunos edificios. Estaban en ruinas. A los niños eso no les llamaba la atención.

—¿Hay muchos patos en Aranjuez, señor?

JRA

—Antes aún se veía alguno. Pero ¿por qué me lo preguntas?

—Es que mamá dice que en la casa tendremos patos.

—¡Y gallinas!

—¡Y conejos!

—Y un cochino.

—Y en la despensa tendremos jamón; como en las despensas de las casas del campo en los pueblos.

—Y queso.

—Y chorizos.

—Y hortalizas y legumbres y tomates y garbanzos y arroz y alubias y cebollas y judías verdes.

—A mí me gustan mucho las judías verdes.

Por primera vez se cruzó el coche con algunos hombres; concretamente con dos que llevaban un burro flaco y se les quedaron mirando. El cochero les saludó. Y les dijo a los niños:

—Cuando lleguemos a aquella curva, mirad hacia allí. (Y señalaba con el látigo hacia la izquierda, en dirección contraria a la de los dos hombres que llevaban el burro flaco y les estaban mirando.)

Desde ese momento los cuatro niños no pararon de mirar, sin parpadear, hacia allí. Y al llegar a la curva:

—¡Ooooh!

—¡Papá! ¡Mamá! ¡El Palacio! ¡Ya se ve el Palacio!

Tiempos difíciles

3 La llegada a casa

CUANDO el coche de caballos cruza la Parada de Palacio, el último rayo de sol refulge contra las torres, las cúpulas, las verjas y la fachada. Algunos menesterosos aguardan, en el amor tibio del carasol, a que salga un reducidísimo grupo de visitantes que en estos momentos aún recorre el edificio. Por detrás de los jardines cae ya el crepúsculo.

¡Es un espectáculo deslumbrante! Toda la crudeza del invierno se inunda de sol muriendo en las copas de cien árboles gigantes; y el rumor del agua del Tajo suena bajo la fronda desnuda del Jardín de la Isla. Las palomas que vuelan del Jardín al Palacio pierden algunas plumas suaves que caen al suelo.

Los cascos de los caballos resuenan secos en el empedrado de la Parada. Los menesterosos que esperan en la puerta se remueven. Un grupo se desplaza ya hacia el carruaje recién llegado.

El padre se ha asomado por la artística ventanilla que celan unos visillos y ha ordenado al cochero que se detenga de inmediato. Ha abierto la portezuela. Ha descendido apresurado. Y ambos, él y el cochero, introducen a toda prisa a los niños en el interior del carruaje que, hostigados los caballos, retoma el camino precipitadamente. Los niños, todavía asustados, miran por el cristal posterior al grupo de pordioseros que, al cruzarles el coche, levantan los brazos amenazantes.

Cuando entran en la calle de los Arcos una chiquillería de desarrapados rodea el coche y el mayoral restalla el látigo para abrirse camino. La geométrica belleza de la plaza de la Mariblanca deslumbra a los recién llegados, que la contemplan pegados a los cristales, mientras el cochero, sabiéndolo, guía a los caballos despacio. En la calle de Stuart, sucia y descuidada en su antiguo esplendor, se rebulle una vida triste de transeúntes abrigándose del frío que arrecia cuando se pone el sol... Todos se detienen a mirar porque pasa el coche de caballos.

La casa está en la calle del Rey, próxima al Convento de San Pascual, cerca del Hospital de San Carlos. Es enorme, es vieja y antigua; y, sin embargo, es una casa pobre.

En primer lugar hay que decir que ocupa una manzana entera; es cuadrada, con cuatro caras que dan a cuatro calles distintas. Cada una de las fachadas tiene una puerta y dos filas de ventanas, ocho arriba y ocho abajo. En el centro de la manzana hay un patio, también cuadrado. Por las cuatro puertas, una en cada fachada, se entra al patio.

La puerta principal no es muy alta y al abrirla crujen las maderas y los goznes chirrían. Después hay un pasillo estrecho con un techo en forma de arco encalado hace ya mucho tiempo y con manchones sucios de humedad; en varios sitios se está descascarillando. Al fondo del pasillo se ve ya la luz del patio. Pero antes de llegar, en el medio aproximadamente, se abren dos huecos con dos escaleras de madera, una a la izquierda y otra a la derecha. Son las escaleras que suben a las viviendas de arriba, las que tienen la segunda fila de ocho ventanas en la fachada.

La entrada de estas viviendas es muy especial. Las dos escaleras que hemos visto acaban en un corredor con una barandilla de maderas viejas que va rodeando todo el patio. Según se avanza por el corredor aparecen las puertas de las viviendas; cada una tiene al lado una ventana. En el patio hay de todo: muebles viejos rotos y tablas para hacer fuego, chatarra para vender, sacos de paja, un carro, un burro triste, un fuego para quemar cosas, bidones de alquitrán vacíos, muchas cuerdas con ropa tendida, unas pocas macetas con geranios y siemprevivas, y muchos gatos y algunos perros que a veces riñen, pero que en general como están muy flacos y se pasan casi todo el día durmiendo, se llevan bien. Es un patio de vecindad.

En Aranjuez hay muchas casas así. Las mandó construir el Rey y las hizo el mismo arquitecto. Primero dijo que alrededor de su Palacio se levantasen otros palacios de nobles —hoy están casi todos abandonados—. Después irían las casas de los comerciantes y de los hombres ricos —hechas de piedra y con balcones y puertas grandes—. Luego las de los labradores y las de los criados. La que hemos descrito es una de las casas de los criados.

El coche de caballos se ha detenido delante de la puerta. El cochero ha colgado el látigo en el clavo y ha puesto allí también la gorra. Y ha bajado para abrir la puerta a los viajeros.

No ha tardado nada, pero ya hay una nube de chiquillos rodeándoles. El cochero les dice que se aparten. También van llegando para verlos unas mujeres y un hombre tonto que hace gestos extraños. Y en las ventanas se asoman más mujeres. Se ha formado un corro de gente a su alrededor.

El padre y la madre han cogido a los niños en brazos y con Laura de la mano cruzan apresuradamente el pasillo con techo de arco, suben por la escalera de la izquierda, salen al corredor de barandillas de madera, entran en la vivienda que les había buscado el director de la fábrica y cierran la puerta.

Luego el padre sale de nuevo y ayudado por el cochero empieza a subir el equipaje.

Un hombre muy delgado y vestido de harapos se le acerca y le dice:

—Tengo pan de centeno; para los niños...

Y el cochero, apartándolo, le dice:

—No. Cuida de que nadie toque los bultos mientras los subimos. Algo te caerá.

Cuando terminan es ya de noche. Algunas ventanas sólo tienen luz de candiles. Y un fuego grande en medio del patio.

En toda la casa esta noche sólo se habla de los nuevos vecinos ricos.

4 Sin colegio todavía

«PAPÁ ya va al trabajo; todo el día. Y vuelve muy tarde a casa.

Nosotros no vamos al colegio todavía. Mamá ha ido hoy a hablar con la Hermana que le dijo el director de la fábrica. A ver si lo arregla; es que como ya ha empezado el curso... Mientras tanto mamá me ha dicho que entretenga a los niños. Y me ha pedido que limpie un poco la casa; que esté al tanto de una cazuela que ha puesto a hervir; que recoja la mesa del desayuno. Pero, sobre todo, me ha repetido veinte veces que no se me ocurra abrir la puerta a nadie. Nunca abrimos la puerta a nadie. Todavía no hemos salido ninguna vez a jugar fuera de casa. Papá dice que el domingo nos llevará a misa a San Pascual. ¿Cómo será San Pascual? ¿Cómo será la calle?

Mamá sí abre la puerta a veces cuando llaman. Al principio todos los que llamaban era para pedir limosna. Pero una vez oí que una mujer que vino le decía a mamá:

—Yo podría darle de mamar al niño. Tengo mucha leche. Y podría hacerle, además, las cosas de la casa. Sólo pido a cambio que me den de comer cuanto necesite.

Mamá por la noche le contó a papá que no la había aceptado porque a lo mejor comía mucho.

¿Cómo será la calle? ¡Qué ganas tengo ya de poder salir a conocer Aranjuez! Leticia dice que a lo mejor nos iremos pronto a la casa del campo, que tendremos jamón y queso en la despensa, como en las casas del pueblo y que ella se vestirá de niña aldeana y cuidará de los patos con una vara, que lo ha visto en unos cuentos. ¡La pobre no se entera de nada! Yo, en cambio, ya sé que estamos en un tiempo de después de una guerra. Y que tenemos que pasar unos pocos apuros. Pero no me importa. No me importa que las primeras noches, como tenemos una casa mala, estuvieran todos los bultos amontonados. Ni que no tengamos pan bueno y papá tenga que pagar mucho para que bebamos leche en el desayuno. Yo ayudo a papá y a mamá.

Papá me dice que les cuente cuentos a los niños; y yo se los cuento. Ayer me inventé uno que era de una princesa extranjera que venía de visita al Palacio de nuestro Rey. Yo creo que les gustó. Ahora me estoy pensando otro que es de una niña pobre de Aranjuez que un día entró en el Palacio sin que los guardas la vieran. Aún no lo he terminado de pensar.

Mamá me dice que por el día juegue con los niños. Pero casi no tenemos sitio. Yo me he inventado un juego que es hacer muñecas con unos trapos que les ponemos de faldas a las botellas. Ya tenemos tres; pero no hay más botellas.

Por la noche vuelve del trabajo papá. A nosotros nos alegra mucho y todos dejamos de hacer lo que tengamos entre manos para estar con él sentados en la mesa. Mamá entonces sirve un poco de cena.

Anoche, mientras cenábamos, vimos que por la ventana que da al corredor del patio con barandillas de madera, nos estaban mirando a escondidas unos niños pobres. Tenían los ojos y la nariz pegados al cristal y uno decía asombrado:

—¡Están cenando judías!

Papá le dijo a mamá que cerrara la ventana.»

JRA

5 La criada coja

«YA tenemos una criada. Y también vamos ya al colegio; bueno, Pedrito no, porque todavía es pequeño; vamos Leticia, Lidia y yo.

El colegio es igual que el anterior: también hay monjas. Antes eran de Loreto, ahora son las Francesas. Nos hacen decir *"sí, ma mère"*, *"no, ma mère"*, *"¿permiso, ma mère?"* Pero si se pide permiso para ir al servicio no se dice nada, hay que levantar un dedo o dos, según.

La criada se llama Emerenciana. Vino de un pueblo y por eso duerme por la noche en nuestra casa. Es un poco mayor. Y además es coja.

Yo no me atrevía, pero una vez Leticia le preguntó: «Emerenciana, ¿usted por qué se quedó coja?» y ella contestó: «Porque de pequeña lloraba mucho y un día mi padre me cogió y me estrelló contra el suelo a ver si de una vez dejaba de llorar.»

Mamá, que la estaba oyendo, le riñó mucho por contestarnos aquello. Pero Lidia desde entonces le tiene mucho miedo. Por eso a veces mientras Emerenciana friega o plancha o limpia el suelo, Lidia se le queda mirando como una boba. Y un día, como ella lo notó, le dijo: "¡No me mires tanto, que se te van a caer los ojos!"

Mamá no lo sabe, pero por todo esto Lidia está aterrorizada.

Además yo estoy segura de que Emerenciana hace muchas cosas adrede; por ejemplo, en casa hay muchos ratones; papá dice que entran del patio. Pues bueno, ella, por ejemplo, si ve que hay alguno en el cajón de las servilletas, llama a Lidia y le dice que ha dicho mamá que le ayude a poner la mesa; que traiga los cubiertos y las servilletas. Y entonces Lidia va a abrir el cajón y le saltan los ratones. ¿Os imagináis el susto? Bueno, pues Emerenciana se troncha de risa.

Esto de los ratones, que hay muchos, es muy gracioso. Otra cosa que hace Emerenciana es enseñarnos a coser. Por la tarde, después del colegio, nos pone sentadas en un círculo con ella y nos tiene que enseñar a coser. Pero todos los días pasa una cosa: según estamos así, por la ventana que da al corredor de maderas en el patio, se ve un canalón del que cae el agua cuando llueve; y todos los días a la misma hora se ve bajar por él una rata enorme. La primera que la ve es siempre Leticia y deja la costura y da un salto: «¡La rata, la rata! ¡Ya baja! ¡Yo la he visto primero!» Emerenciana también se distrae como nosotras, pero, si está mamá en casa, le riñe a Leticia para que la oiga y le dice que *no hará nunca hacienda.* Luego por la noche en la cama nos preguntamos qué es *no hacer hacienda nunca.*

La tercera cosa que tiene que hacernos Emerenciana es llevarnos a pasear. Ayer fuimos a la calle de la Reina, que tiene muchos árboles y unos bancos de piedra junto a las tapias del Jardín del Príncipe. Yo tengo que llevar siempre de la mano a mis hermanos, me ha dicho mamá.

Bastantes veces cuando salimos a pasear vemos pasar por nuestra calle el carro de los muertos. Es una carroza antigua de verdad con adornos de verdad y caballos también verdaderos, con penachos de plumas. Hay dos coches de muertos, el blanco para los ricos y el negro para los pobres, que se mueren más.

El hombre del carro va vestido de negro y lleva una chistera negra y va sentado muy tieso y nunca mira a la gente.

La gente cuando pasa el carro de los muertos se arrodilla o se santigua. Nosotras también nos persignamos, pero los demás niños de nuestra casa, no; y hasta se acercan al carro y a la mula a mirar. Yo no quiero mirar, pero miro; no quiero ver, pero veo.»

6 Huellas profundas

—¿Y por qué se mueren tantos? —preguntó un día Leticia a la criada cuando hubo pasado, una vez más, el carro de los muertos por delante de su casa.

—Pues porque se mueren.

—¡Sí, ya, tonta, más que tonta! ¿Pero por qué se mueren?

—Esas cosas no se preguntan —dijo Laura.

—¡Pues entonces que no diga nada! —replicó enfadada Leticia; y con razón.

—Se mueren de hambre y por enfermedades; ya que te empeñas en saberlo —repuso la criada.

—¿Y tú, como eres coja, también te vas a morir pronto? —intervino Lidia.

Emerenciana se quedó cortada, sin saber qué responder. Luego reaccionó y dijo:

—Yo me moriré como todos. Todos nos tenemos

que morir —y añadió—: pero a mí antes de morirme me avisará San Pascual Bailón.

No debería haber añadido aquello Emerenciana, porque, lógicamente, las niñas —Pedrito se distraía con cualquier cosa y no se enteraba— quisieron saber de inmediato la historia de los misteriosos avisos de San Pascual Bailón a sus devotos, golpeando por tres veces la pared de su habitación en víspera de la muerte.

Aquellos encuentros casi cotidianos con el carro de los muertos y las crudas lecciones de Emerenciana no pasaron de ser para Leticia un hecho más por el que preguntar o una de tantas historias que al cabo de los días les contaba la criada. Laura, según puede apreciarse por las páginas de su cuaderno referidas a esta época, se ocupó con cierto interés por estos detalles para llegar a adquirir un claro sentido sobre la naturalidad del hecho de la muerte.

Lidia en cambio acusó el impacto; incrementado seguramente por el dato, tan importante para ella, de que aquellas cosas le llegaran de labios de la criada coja. Su sensibilidad infantil no encontró otra forma de defensa que evitar en adelante por todos los medios el encuentro con el carro de los muertos. Y cuando no podía evitarlo, se negaba a levantar los ojos del suelo al arrodillarse y santiguarse mientras pasaba.

Emerenciana no permaneció mucho tiempo en la casa. Una simple gripe que no curó bien la postró en la cama. Su cuerpo debilitado por las privaciones no resistió. Y ella misma, al verse inútil, pidió ser trasladada a casa de unos parientes.

A las pocas semanas murió.

En casa se intentó ocultar aquella muerte. Pero Laura se enteró en el colegio; y finalmente, también los otros niños lo supieron. Para la tierna sensibilidad de Lidia fue como un mazazo. Pensó que la culpa era suya, por haberle dicho una vez aquello de que si también se moriría pronto porque era coja; se preguntaba si le habría avisado San Pascual Bailón... Durante mucho tiempo le fue imposible pasar sin echar a correr por delante de la puerta de la habitación que ocupó la criada.

Un día Leticia le dijo a su padre mientras cenaban:

—Papá. Lidia me hace burla y tartamudea.

Y era verdad.

Era verdad que tartamudeaba.

Los padres, los dos sin darle mayor importancia, riñeron a la pequeña, más por hacer que desagraviaban a Leticia ofendida que por corregir a Lidia, que era verdad que tartamudeaba.

Pero aquel defecto continuó. Entonces los padres advirtieron que podía no ser una cosa de niñas y hablaron con las Hermanas del Colegio.

Éstas dieron la siguiente versión: «Ya lo habíamos advertido, pero no nos hemos atrevido a intervenir pues necesitamos para ello su consentimiento. Realmente estamos muy dolidas con su niña. Es muy desvergonzada. Ocurre que una de nuestras Hermanas, Sor Engracia, es tartamuda. Y creemos que la niña le hace descaradamente la burla entre sus compañeras. Sor Engracia no sabe nada, afortunadamente, pues en ese caso nos hubiéramos visto obligadas a hablar con ustedes para que castigaran a Lidia».

Sólo unos años después se supo que la tartamudez pasajera de la niña obedecía a la profunda impresión que causó en su sensibilidad la noticia de que había muerto una criada a la que había preguntado que si ella también se moriría pronto porque era coja.

7 El caballo de cartón

PEDRITO es feliz. Tiene cinco años.

Como ahora no hay criada en casa y las hermanas se van al colegio, cuando la madre sale a cualquier cosa, el niño ha aprendido a llamar en casa de cualquier vecina y le ordena convincente:

—Que dice mi madre que me cuide, que se va al mercado.

La vecina le dice que entre y le pregunta:

—¿Te aburres en casa todo el día tú solo, verdad?

—Sí. Y por las noches me aburro también durmiendo, porque no sueño. Laura sí sueña y luego nos lo cuenta.

Cuando lleva un rato en casa de la vecina y ya se ha cansado de verla hacer el avío de la casa, Pedrito vuelve a ordenar convincente:

—Que me vigile usted, que voy al patio a ver si está Facundo. Facundo es mi amigo, ¿a que sí?

La mujer le atusa el pelo y le deja bajar. Mientras el niño desciende por la escalera, ella se asoma a la baranda de maderas en el corredor y le grita a Facundo:

—Facundo, cuida del crío de los forasteros, que baja a verte.

Facundo es un pordiosero. Nadie sabe de dónde vino. Un día de frío se guareció en el patio y ahora ya permanece allí habitualmente. Duerme al raso. Para abrigarse enciende un fuego. Vive de lo que le dan por hacer recados. Pero la gente lo quiere; porque se hace querer: ¡Gracias a eso vive!

Pedrito se hizo amigo de Facundo de la siguiente manera:

Un día, cuando sus hermanas iban ya al colegio, la madre dejó abierta la puerta y el niño salió al corredor y desde la barandilla de madera vio en el patio a Facundo que hacía fuego.

Facundo también lo vio. Pero se hizo el «longui». Y se puso a hervir agua en un cazo viejo encima de las brasas y a echar dentro trozos de un mendrugo de pan. Mientras, con voz muy ronca, para que el niño lo oyera, iba recitando una canción:

El tío Tiroriro
mató a su mujer,
la puso con ajos,
la sacó a vender.

Creían los guardias
que era tocino.
No era verdad.
Porque era la mujer
del tío Tiroriro.

El niño seguía atónito mirándole intrigado. Entonces Facundo, con esa confianza cómplice que da el haber estado un rato contemplándose, disimuladamente lo miró y le dijo:

—¿Cómo te llamas?

—Pedrito.

—Eso no es verdad.

—¡Sí, es verdad!

—No es verdad. A mí me han dicho que te llamas Pablito.

El niño, sin decir más, se apartó del barandal y entró corriendo en casa:

—¡Mamá, allí abajo hay un hombre que dice que me llamo Pablito!

La madre le dijo que no hiciera caso. Y el niño volvió a salir al corredor para decirle a Facundo.

—Mi mamá dice también que me llamo Pedrito.

—De acuerdo. Pero te llamas Pablito.

El niño volvió a entrar en la casa. Y ya estuvo toda la mañana preocupado. Al cabo de un buen rato, inquieto, volvió a salir.

—Señor, ¿y tú por qué sabes que no me llamo Pedrito?

—Es muy sencillo: porque te llamas Pablito —respondió Facundo.

Ya cerca del mediodía vino a casa el hombre del carbón a ver si los señores nuevos querían que les trajera un poco. Pedrito estaba sentado en el corredor, jugando con una lata de conservas vacía y una cuerda para tirar de ella como si fuera un carro. El carbonero le preguntó:

—¿Tú eres el chico de los vecinos nuevos?

—Sí.

—¿Está tu madre en casa?

—También sí.

—¿Cómo se llama?

—Mamá.

—¿Y tú?

—Yo Pablito. Pero antes me llamaba Pedrito.

Pese a trabajar todos los días mañana y tarde, el padre se preocupaba de la educación de sus hijos. Estaba preocupado por el ambiente de la casa, el patio, la calle, los vecinos..., desde que las chicas empezaron a ir al colegio estaba algo más tranquilo. Aunque seguía preocupándole que el pequeño estuviera en aquel ambiente.

Pero un día se sorprendió a sí mismo descubriendo que el peligro para su hijo único, varón, no procedía de la calle, sino que residía en su familia misma.

Lo supo una tarde, cuando al volver del trabajo, halló cerrada la puerta y por la ventana vio que estaba dentro el niño. La madre había salido un momento y lo había dejado encerrado; volvería enseguida; lo había hecho más veces y el niño no se alteraba.

Su padre abrió la puerta y Pedrito se acercó contento a besarle.

—¿No está mamá?

—No, estoy yo solita.

De pronto, ante aquella respuesta, el hombre comprendió que el hecho de relacionarse únicamente con sus tres hermanas podía hacer mella en su personalidad masculina.

Unos días después tuvo que ir a Madrid para un asunto de la empresa y, al volver, sorprendió a la familia con un regalo para Pedrito:

¡Un caballo de cartón! ¡Como los hombres!

Era el primer juguete de verdad que entraba en aquella casa. Después que el niño lo recibiese de las manos de su padre y lo mirase durante un rato, Leticia le pidió que se lo dejara ver también. Y ya toda la noche estuvieron las tres hermanas jugando entretenidísimas con el caballo de cartón; mientras, el niño, desconsolado, las miraba.

Cuando Pedrito se fue a dormir, la madre quitó el juguete a las niñas y se lo puso a él junto a la almohada.

A la mañana siguiente el niño había roto en mil pedazos el caballo de cartón.

8 Al fin, buenas noticias

REALMENTE eran tiempos difíciles para todos, pero el ingeniero y su mujer habían previsto otra cosa para su familia cuando decidieron trasladarse a Aranjuez.

La primera impresión de la casa que la dirección de la fábrica les había buscado no pudo ser más lamentable; pese a todo procuraron hacerla acogedora y los niños jugaban contentos en ella.

La vecindad les preocupaba; la madre misma no estaba tranquila, y los niños, ahora que ya salían para ir y volver al colegio, a veces volvían contando cosas que habían visto o que les habían dicho, cuyo significado real, afortunadamente, no alcanzaban a comprender.

El trabajo de la fábrica retenía al padre todos los días hasta tarde; y cuando regresaba era ya de noche. Entonces en casa se distendía el ambiente; la vieja estufa de carbón y un brasero de cisco ayudaban a sobrellevar la humedad y el frío. Siempre había mil cosas que contar, mil historias menudas del colegio, deberes que corregir, cuentos que leer por enésima vez en el único libro que tenía Laura, poesías para aprenderse de memoria, la cena... Pero nada más era posible.

Algún domingo que salía bueno, después de oír misa en la iglesia de Alpajés, toda la familia paseaba y los niños jugaban en el Jardín del Brillante o en los espacios vacíos de las plazuelas en la calle de la Reina. Pero allí mismo, en las ruinas contiguas del Palacio de Godoy, se habían asentado una multitud promiscua de gente sin techo y la atención de los niños se concentraba absorta en el espectáculo de aquel abigarrado hormiguero humano más que en el asombro de los árboles gigantes en el Paseo sobre cuyas ramas desnudas se posaban bandos de palomas torcaces.

Por eso, desde el principio, los padres pensaron que sería preferible llevarlos a pasear al Jardín de la Isla, que al ser Patrimonio Nacional estaba protegido.

Ciertamente, el Jardín de la Isla es un espacio hermoso y su variado diseño permite que vuele la imaginación de cualquier niño que, como nuestros protagonistas, arde en ganas de jugar pero no tiene juguetes: los grandes árboles, los setos espesos, las acequias de riego, las estatuas alegóricas, las fuentes tan bellas y tan descuidadas, los mirlos ruidosos, los bandos de gorriones, las inquietas ardillas, los faisanes misteriosos y esquivos... Pero ni aun allí se encontraban a salvo de escenas inadecuadas, como aquella tarde en que un guarda con traje de pana y sombrero y banda rojos, llevaba cogidos de las orejas a dos niños que lloraban.

—Son gentuza —dijo por todo comentario—. Son gentuza de esa que se ha metido en la Regalada.

Aquellos niños habían entrado al Jardín a coger ranas y les ponían cepos a los gorriones y a los mirlos para poder comer. Eran hijos de las familias campesinas a las que el hambre arrancó de las tierras en las que trabajaban de braceros. Vivían amontonados en los espacios aún cubiertos de la vieja casa en ruinas de la Regalada.

El ingeniero y su mujer comenzaban a estar preocupados. Iba ya para tres meses su estancia en Aranjuez y la dirección de la fábrica no había encontrado acomodo mejor para su familia, pese a que reiteradamente volvían sobre ello.

Por aquellos días fue cuando supieron que iban a ser

padres por quinta vez. Y entonces pensaron que ya, definitivamente, necesitaban otra casa.

Por una vez, alegres y al tiempo preocupados como estaban por la noticia, vino a sonreírles la fortuna: un viejo comandante del Ejército que había pasado a la reserva y ocupaba un puesto de dirección en la fábrica, acababa de morir. En realidad estaba muriéndose desde que hacía cinco años regresó del frente de guerra *mordido* por la tuberculosis y le habían dado aquel puesto para posibilitarle unos ingresos complementarios a la paga. Ahora, por fin, había muerto. Quedaba, pues, libre el puesto que, sin conocimientos adecuados, ocupaba. Y quedaba vacía la casa que habitaba.

El ingeniero sí que poseía aquellos conocimientos adecuados. Por eso ahora le daban el puesto y la casa que había ocupado el viejo comandante. Aquella noche el ingeniero dijo mientras cenaban:

—El mes que viene tendremos casa nueva.

—¡Viva!

—¿Dónde es?

—En la casa del viejo comandante.

—¿Dónde es?

—Detrás de la plaza de la Mariblanca, cerca de la Casa de Atarfe.

Pedrito dijo:

—¿Podré llevarme con nosotros a Facundo?

—Ah, pues si tú te llevas a Facundo —dijo Leticia—

yo me llevaré la rata que baja por el canalón todos los días mientras estamos cosiendo.

Y Lidia añadió:

—Ahora tendremos pavos y gallinas. Y una despensa como en las casas de campo, ¿a que sí? Con chorizos y con queso y con jamón y con árboles frutales, ¿a que sí?

El padre dijo:

—No lo sé, no lo sé todavía; yo no sé si podremos tener todo eso. Lo que sí os prometo es que vamos a poder tener otra vez... ¡una criada!

Y era cierto. Ya se sabe que tanto las buenas noticias como las malas suelen venir juntas. El día mismo en que enterraron al viejo comandante, el director de la fábrica le dijo al ingeniero que heredaba el puesto que el finado había dejado libre, la casa que dejaba vacía... y su criada. La criada del viejo comandante había venido a ver al Señor Director unos días antes de que el viejo amo muriera y le había pedido por favor que la recomendara al nuevo inquilino que fuera a la casa; que no se preocupase por el sueldo, que ella se arreglaría con lo que los nuevos pudieran darle; aunque sólo fuera la comida.

—Así, pues —concluyó el padre—, tendremos casa nueva y ¡volveremos a tener criada!

Todos volvieron a decir ¡viva! y aplaudieron.

Pero Lidia dijo muy seria.

—Yo no quiero que la nueva criada sea coja.

Primavera en la nueva casa

9 Don Evaristo

LA casa nueva estaba en la carretera, pasada la iglesia de San Antonio. La iglesia de San Antonio estaba al final de la plaza de la Mariblanca.

Desde el balcón de la casa nueva el ingeniero les estaba explicando a sus hijos que en la iglesia de enfrente era beneficiado el Padre Celestino, que es un personaje de los episodios nacionales del 19 de marzo escritos por don Benito Pérez Galdós. Pero de esta historia sólo Laura extrajo alguna conclusión literaria.

Los niños estaban más atentos a ver pasar debajo del balcón a la gente y los carros, que a conocer la historia del Motín de Aranjuez. De tarde en tarde pasaba un coche impulsado por gasógeno. Los niños habían puesto un servicio de vigilancia y cuando el vigía avistaba uno de estos artefactos, daba la voz de alerta, y el resto, que jugaba en cualquiera de las varias estancias vacías de la casa, salía bullicioso en tromba a ver el espectáculo.

La casa nueva tenía varias estancias. Ocho. Pero

como el ingeniero y su mujer tenían pocos muebles, algunas estaban casi vacías, sólo ocupadas por cosas rotas y cajas. Allí jugaba la chiquillería.

La chiquillería estaba compuesta por los cuatro hermanos y por dos niñas más, hijas de otro ingeniero de la fábrica. Eran las Elenitas; porque a su madre, su marido la llamaba Elenita; era rubia y elegante, mimaba mucho a sus hijas y siempre las llevaba vestidas y peinadas a las dos igual. Las Elenitas eran más ricas, su padre llevaba tres años en la fábrica y en Aranjuez ya eran una familia bien.

Pero lo más interesante de la casa nueva era el vecino, don Evaristo.

Don Evaristo vivía en el piso de abajo.

Don Evaristo era un cura. Pero una vez que Leticia les explicaba a las Elenitas que don Evaristo era un cura, Laura matizó:

—No es un cura normal; es un capellán castrense.

Todos se quedaron conformes con esta matización que sólo servía para añadir un nuevo motivo al halo de misterio que tenía para los niños aquel viejo sacerdote.

Vivía solo en el piso de abajo. Llevaba siempre la misma sotana y una vieja teja clerical por sombrero. Pese a sus años, era todavía alto, esbelto, y la figura se le realzaba por la acción de unas sólidas botas de hombre del Ejército. Se decía de él que hizo la guerra como capellán en el Tercio de Regulares Moros, que estuvo en la batalla del Jarama y que pidió no seguir viendo atrocidades. Desde entonces se retiró a vivir en aquella vieja casa y a decir misa cada mañana en el templo contiguo de San Antonio. Durante el resto del día no tenía nada que hacer. Pero le gustaba la literatura y componía versos.

Cuando llegaron los nuevos, don Evaristo no sólo fue correctísimo con ellos en el recibimiento sino que, como el perro abandonado que busca cariño, buscó hacerse querer. El camino más sencillo para ello hubiera sido congraciarse con los niños; pero no se sabe por qué, los niños —y en especial las niñas, pues Pedrito se reducía a mirar de arriba abajo su ensotanada figura— instintivamente le rehuían. De manera que el viejo clérigo optó por ganarse el aprecio de los padres.

Con el ingeniero, que era culto y leía, utilizó sus viejos conocimientos de historia y humanidades. Y al poco tiempo, alrededor de las charlas espontáneas de los dos se formó una auténtica tertulia que reunía a últimas horas de la tarde a un grupo de vecinos. Asistían los dos anfitriones, el viejo clérigo, su ama vieja también, Elenita la elegante, su marido y la chiquillería.

A veces la conversación tenía un marcado carácter patrio. Y entonces don Evaristo, indefectiblemente, concluía su exaltada intervención con un sonoro ¡Santiago y cierra España a la juventud francesa y a los protestantes con biblia!

Otras noches la tertulia transcurría por los carriles más vivos del quehacer literario. Se hablaba entonces de los dramas sacros de José María Pemán, de la oratoria de Eugenio Montes, de la pluma de Ernesto Jiménez Caballero, de los versos de Sánchez Mazas...

Los niños, evidentemente, se aburrían. Pero aguantaban pacientemente porque, al final, siempre don Evaristo acababa leyendo sus propios poemas que los contertulios, unánimemente, sancionaban como buenos; los niños, en cambio, los encontraban divertidísimos. La memoria de Laura nos ha transmitido, anotado en su cuaderno de adolescente, un excelso poema que don Evaristo leyó el 21 de marzo en honor de la luna del equinoccio de primavera de 1943. A él corresponden estas dos expresivas estrofas:

Como un gran sueño de oro
riela la luna coqueta,
que es igual que una peseta
vista con un telescopio.

* * *

Luna llena mortecina
que el horizonte arrebola
al salir tras la neblina
como un gran queso de bola.

Pero la velada que nunca se le borraría de la imaginación a Laura fue una noche de abril.

La dirigía don Evaristo, que había querido expresamente darle carácter formativo de cara a los niños y giraba en torno a las buenas costumbres.

Los niños se aburrían ostensiblemente; pero el viejo

clérigo, con la resignada aceptación de los mayores presentes, insistía y se alargaba en sus consideraciones morales. De pronto, Leticia, que no seguía el hilo, preguntó:

—Padre, ¿y las mariposas van al cielo?

—Sí.

—¿Y los leones?

—No.

—Ah, claro, ya sé por qué es; porque si fueran, a lo mejor se podrían comer a Dios, ¿a que sí?

Aquella ocurrencia, que hizo reír a todos, sirvió para que el ingeniero aprovechara la ocasión y le diera un giro al curso que llevaba aquella noche la tertulia. Propuso que Laura leyera una redacción que había escrito para el colegio y que había merecido encendidos elogios de Sor Engracia.

Laura, entre tímida y orgullosa, leyó la hoja del cuaderno que se le pedía. Estaba de pie en medio de la concurrencia y, a veces nerviosa, al leer se trabucaba. Pero gustó mucho su texto. Al término, todos la aplaudieron. Y don Evaristo, emocionado, la atrajo hacia sí y acercando a la muchacha hacia su raída sotana la besó sonoramente en la frente diciendo:

—¡Parece que he estado oyendo a Santa María Goretti!

Laura, aterrorizada, dejó caer el cuaderno y salió corriendo a encerrarse en su habitación. Allí, echada sobre la almohada, llorando desconsoladamente la encontró su madre. Mientras la acariciaba tratando

JRA
Cuaderno

de que se serenara y preguntándole qué había pasado, la niña todavía entre sollozos pudo balbucir:

—Es que he pecado porque me ha besado don Evaristo.

10 Esperando al quinto hermano

LA primavera es muy hermosa en Aranjuez.

Las calles más importantes tienen árboles. Y en la primavera ya brotan los retoños nuevos.

El Jardín de la Isla y el Jardín del Príncipe se llenan de hojas verdes y de flores de multitud de formas y de colores. Pero no se puede entrar gratis a pasear por los jardines.

En las dos orillas del río Tajo les salen brotes nuevos a los arbustos, que están llenos de ruiseñores. Sólo hay una barca en el río Tajo y, con el buen tiempo, el barquero la saca y algunas personas pueden pagar el real que cuesta el paseo por el río.

Este año ya hay más familias que pueden salir a pasear por las calles, por los jardines y por la orilla del río, aprovechando que ha llegado la primavera. La gente viste un poco mejor y se ríe más. Hay una guerra en Europa, pero se dice que, a lo mejor, se acabará pronto.

Es sabido que la primavera siempre alienta buenos sentimientos y empresas audaces. Así que aquella tarde mientras pasaban por el Patio de Caballeros de vuelta a casa tras el paseo, los cuatro hermanos decidieron que querían saber ya cuándo nacería su hermanito. Laura fue comisionada para preguntarlo.

Cuando llegaron a casa rodearon los cuatro a su madre, que estaba haciendo punto, y Laura dijo:

—Hemos decidido que ya queremos saber cuándo va a nacer nuestro hermanito.

—Eso, ¿cuándo? —la apoyaron los otros tres.

—Cuando se acabe la primavera y venga el verano —contestó la madre.

—¿Como las ciruelas, entonces? —comentó Leticia.

—No, tonta —le corrigió Laura—. Como los pájaros que ahora hacen los nidos y luego tienen pajaritos.

—¿Y va a volar también nuestro hermanito como las abubillas? —quiso saber Pedrito.

Aquella noche mientras la criada acostaba a los niños Leticia le preguntó cómo venían al mundo los niños. Pero ella no quiso contestar y le dijo:

—Eso te lo tiene que explicar la señora.

—Ah, ya sé; es que tú no has estudiado, ¿verdad?

—No.

—¿Y no sabes leer? —preguntó Lidia.

—No.

—¿Nada?

—No.

—¿Ni como yo, que estoy aprendiendo con Sor Armanda?

—Sólo un poco, las letras grandes.

—¿No te llevó al colegio tu papá?

—Mi padre era pobre y lo mataron cuando la guerra.

—¿Por qué en la guerra no hacen más que matar? Al padre del señor que nos trajo desde el tren en un coche de caballos también lo mataron en la guerra.

—Yo de estas cosas no entiendo. Yo tengo que trabajar para vosotros y así podré comer. De otras cosas no hablo, que luego se sabe.

Y salió de la habitación.

Cuando su madre vino a darles un beso y decirles buenas noches, Laura le preguntó:

—La criada de ahora no sabe cómo vienen los niños al mundo.

—Los trae la cigüeña.

Aquella frase despertó un profundo interés en Pedrito, que quiso saber:

—¿Qué es la cigüeña?

—Un pájaro muy grande que pone los nidos en las

torres de los campanarios de las iglesias y que trae los niños desde París —le explicó Laura.

—Pues la abubilla también puede traer niños.

—La abubilla no puede —aclaró Laura.

—¿Por qué no?

—Pues porque no. Así que ya lo sabes.

—Bueno, a mí me da igual; yo lo que quiero es que me traigan pronto a mi hermanito —musitó el niño mientras se dormía.

11 La criada de ahora

LA criada de ahora era joven y guapa. Se llamaba Rosa. Y era muy suya.

Por ejemplo, ella tenía un gato de cuando era criada del viejo comandante y les exigió al ingeniero y a su mujer que se lo dejaran tener ellos también; les aseguró que no saldría de su habitación, porque era para hacerle a ella compañía; pero luego «el gato anda por toda la vivienda como Pedro por su casa (asegura Laura en su cuaderno). »Bueno, a nosotros no nos importa, porque el gato es muy divertido, y nos entretiene y no araña el sofá nuevo del salón que ha traído papá desde Madrid.

En cambio, la criada de ahora se enfadó mucho cuando papá, una noche al volver de la fábrica, trajo a casa un perro que se había encontrado y le mandó que al día siguiente fuera a lavarlo al río. Don Evaristo dijo anoche, cuando lo vio ya lavado, que había que ponerle de nombre Azaña. Pero papá no quiso.»

La criada se atrevió a argumentar contra la presencia de un perro en casa arguyendo que los perros son sucios, que no saben estarse quietos y que no son animales para dentro de una casa. No se le hizo caso. Los niños fueron en esto sus adversarios más resueltos. Y a las pocas semanas tanto el gato que heredaron del comandante como el perro vagabundo eran dos miembros más de la familia en espera del quinto hijo.

La criada de ahora era muy digna y muy cumplida. Lo primero que le dijo a la nueva señora fue que ella en tiempos del viejo comandante siempre servía la mesa con uniforme. De manera que la madre tuvo que prepararle un uniforme con un viejo traje azul marino del ingeniero que ya no le servía. También aprovechó para hacerle una falda a Laura de aquella tela, para que fuera al colegio.

Desde entonces la criada de ahora servía la mesa con uniforme y sobre todo cuando había alguna visita se ponía muy estirada dentro de su uniforme azul marino.

En casa, aunque las cosas iban mejorando, no había más que lo imprescindible para la comida. Y eso que la madre administraba peseta a peseta el sueldo del ingeniero.

Un día en que la cena se reducía a un plato
de boniatos cocidos, la criada
de ahora no pudo más
y plantándose muy digna
delante de la madre dijo:

—Señora, una ha servido cenas de postín en vida del comandante. No querrá que me ponga el uniforme para servir un plato de boniatos.

Y se fue a la cocina. En adelante sólo se puso el uniforme cuando había visitas.

Por ejemplo, el día que voy a contar.

Era un domingo.

Al ingeniero, como era muy riguroso en el trabajo, las cosas le iban cada vez mejor. Aquella misma semana acababan de nombrarle miembro de la Junta Directiva de la Sociedad Hípica.

Para celebrarlo la familia del ingeniero tuvo el honor de sentar en su mesa al Director de la Fábrica, a don Evaristo y al militar Presidente de la Sociedad Hípica.

La madre, haciendo un esfuerzo verdaderamente excepcional, pudo poner para postre media docena de peras.

Tan excepcional era, en efecto, ver peras entonces en el plato de una familia normal, que la sirvienta se sintió obligada a acentuar, al servirles, su habitual estiramiento dentro del uniforme azul marino.

Igualmente, la excepcionalidad del postre llevó a que se centraran sobre él todos los comentarios, aún antes de que cada cual se sirviera la que le correspondía.

Don Evaristo dijo:

—Parecen buenas. Quizá todavía un poco duras.

El Director de la Fábrica comentó:

—Se ve que no son de por aquí. Vienen un poco golpeadas.

—¡Pero están carísimas! Dijo la madre.

—No, si buenas sí serán —apoyó don Evaristo.

—De todas formas —añadió el Presidente de la Hípica—, aún es algo pronto para peras.

—Depende —matizó el Director—. Las hay ya buenas. A éstas quizá les falte un poco de sazón.

La criada que, erecta junto a la mesa, ligeramente apartada, asistía a la polémica por su servicio de postre, no pudo resistir el impulso y en un gesto decidido, arrancó de nuevo el frutero de sobre la mesa diciendo con convicción:

—¡Señoras peras, ustedes perdonen!

12 No se debe comer con los dedos

EN el colegio las cosas van bien. Salvo algún problema menor de puntualidad que tiene Laura, las hermanas están contentas. Y las niñas aprovechan las clases normalmente.

Leticia este mes de mayo tendrá que apretar algo más, porque en junio irá al Instituto Beatriz Galindo de Madrid para examinarse de ingreso.

Leticia en el colegio se lo pasa muy bien. Todas las mamás de sus amigas y las Hermanas, como es regordeta y siempre está risueña, cuando la ven le dan un pellizco cariñoso en la mejilla diciendo «¡Qué niña más rica!». Ella por dentro se subleva, pero es incapaz de no sonreírse; con lo cual, la próxima vez vuelven a pellizcarla.

La clase preferida de Leticia es la de labores. Leticia ha puesto un apodo a la Hermana que la imparte: Sor Fufú; porque es bajita, fea y arrugada como los gatos pobres; pero a la vez quiere mucho a las niñas. Y las niñas, pese a estar siempre haciéndole trastadas para que rabie, también la quieren.

Sor Fufú también le ha puesto un mote a Leticia. La llama La demonio. En el patio siempre la persigue porque dice que es la que dirige a todas para que la hagan rabiar; la persigue para agarrarla por las coletas, pero nunca la alcanza. Cuando las niñas mayores se ríen de Sor Fufú porque es bajita, fea y arrugada como los gatos pobres, a Leticia le da mucha pena y siempre la defiende.

Ahora Leticia tiene que estudiar mucho; porque en junio se tendrá que examinar de ingreso. También la mayor de las dos Elenitas se tendrá que examinar.

Los padres de ambas han acordado que alguna tarde, al salir del colegio, Elenita la mayor y Leticia preparen juntas los exámenes de ingreso. Como en casa del ingeniero siempre hay jaleo y desorden y visitas, Elena madre ha dicho que estudien juntas en su casa.

La casa de Elenita es una mansión elegante en la calle del Príncipe, con un jardín rodeado de una tapia y un viejo jardinero que dice a todas las niñas «mosa», que significa «hermosa», según le ha explicado a Leticia, Elenita la mayor.

En la puerta de la casa de Elenita hay una placa de metal dorado que dice: «Don Ángel Moñux, Ingeniero»; y una estera de esparto para limpiarse los pies. Leticia y Elenita la mayor siempre tienen que limpiarse cuidadosamente antes de entrar; la primera, las sandalias; la segunda, los zapatos.

Luego tienen que dejar la rebeca y el abrigo, respectivamente, en una percha del recibidor al lado de un gran espejo donde las visitas se miran para arreglarse antes de ser recibidas por la señora.

Ahora las dos niñas pueden saludar ya a la señora, que está con una amiga en el salón comentando los modelos de una revista de modas francesa. Elenita besa a su madre. Leticia, pese a todo, tímida, permanece en el umbral de la puerta.

La madre de Elenita pregunta entonces:

—¿Os habéis limpiado bien los zapatos antes de entrar?

Y su hija responde:

—Yo sí. Pero Leticia lleva sandalias.

Entonces Leticia se mira los pies y de pronto descubre que lleva sandalias. Pero la madre de Elenita les dice rápidamente:

—Id a vuestra habitación. La muchacha os servirá allí la merienda.

En la habitación que tiene Elenita para ella sola hay una librería con muchos libros de cuentos y una vitrina que tiene detrás de los cristales once muñecas nuevas, unas de trapo, otras de cartón piedra y dos extranjeras de celuloide.

—Me las regala mi papá; pero luego mamá las guarda en esa vitrina para enseñarlas y no nos las deja.

Una tarde, después de preparar juntas el examen de ingreso, la mamá de Elenita entró en la habitación para decirles que Leticia se quedaría a cenar porque sus papás habían ido a Madrid y volverían tarde. Las dos niñas dijeron: «¡Viva!»; pero luego Leticia, sin que nadie la viera, puso cara de quedarse un poco preocupada.

El padre de Elenita también estaba en Madrid. La cena, pues, fue para Leticia, para las dos Elenitas y para su mamá. Pero la muchacha puso un mantel y cubiertos y servilletas y platos. Llevaba uniforme negro y delantal blanco con puntillas en los bordes.

Había pescado para cenar. El pescado tiene espinas, pero las dos Elenitas se las saben quitar con el cuchillo y el tenedor sin tocar el pescado con los dedos. La señora le ha dicho a la muchacha que le quite ella las espinas al pescado de Leticia.

De postre tuvieron una naranja para cada una: la mamá, ella misma, con el cuchillo y el tenedor mondó las naranjas de las niñas, y luego, ya ellas solas, las dividieron en trozos y se las fueron comiendo.

—Los alimentos nunca deben tocarse con los dedos. Así se hace en las familias bien. Comer con los dedos es una costumbre de mal gusto; una ordinariez —comentó en voz alta la señora sin que viniera demasiado a cuento.

Pero cuando un día en casa del ingeniero tuvieron pescado para comer, Leticia exigió que la muchacha le quitara las espinas. Y a sus hermanas que lo estaban comiendo ya vorazmente con los dedos, les dijo:

—¡Estáis haciendo una ordinariez!

Los niños y la muchacha se rieron como si fuera una ocurrencia más de las que siempre tenía Leticia. Los padres, en cambio, se miraron y dejando un momento de comer le dijeron:

—¿Por qué has dicho eso?

—Porque es verdad; que yo lo sé. Los alimentos nunca deben tocarse con los dedos. Es una obligación para ser de familia bien.

Los niños, mientras escuchaban, habían dejado de comer el pescado con los dedos. Y no sabían qué hacer. El padre entonces, mirándoles, dijo solemnemente:

—Yo que soy la autoridad en esta familia bien, os libero de esa obligación. Comed como mejor sepáis. Pero tened cuidado con las espinas.

13 La fiesta de San Fernando

EL patrón de Aranjuez es San Fernando, porque lo mandó así un rey que se llamaba igual.

Pero fue un acierto. Porque San Fernando es el día 30 de mayo. Y para entonces toda la Ribera está verde, llena y florecida, hace buen tiempo, cantan los pájaros, la gente está más alegre y todo es vida. Todavía no ha llegado el fuerte calor.

Entonces son las fiestas de San Fernando.

Lo más bonito de las fiestas de San Fernando es que viene gente de todos los pueblos de alrededor: de Colmenar de Oreja, de Chinchón, de Seseña, de Ocaña, de Ontígola, de Villaconejos, y del Real Cortijo de San Isidro.

Por eso se ponen tenderetes en la calle que venden viseras de cartón con una goma y gafas también de cartón, con los cristales de papel celofán de colores. Y también venden regaliz de palo.

Hay un hombre que toca una trompeta
y una mujer que toca un tambor y una cabra
que se sube a una silla y un perro
que baila y una mona que da volteretas.

Hay asimismo en la calle sitios donde puede uno sentarse y tomar chocolate, horchata de chufa y agua de anisetes. La gente de los pueblos de alrededor bebe chocolate, horchata de chufa o agua de anisetes.

El ingeniero y su mujer por San Fernando tienen que asistir a las recepciones oficiales: en el Ayuntamiento, en la Misa Mayor, en la corrida de toros y en la Sociedad Hípica. La criada, por eso, se ocupa especialmente de los niños este día.

El ingeniero le ha dado cinco duros para que, después de comer, los lleve a las fiestas. Los niños lo saben y Laura les ha explicado que les toca un duro a cada uno.

Ahora ya han acabado de comer; la criada les ha puesto los vestidos de ir de fiesta, ha peinado a los cuatro y los lleva ya por la plazuela de la Mariblanca hacia el Puente de Barcas. Van hablando entre ellos de que les toca un duro a cada uno. Por eso, cuando al llegar al Jardín del Brillante, Leticia ha visto de lejos a las dos Elenitas tan monas, con su muchacha y las ha llamado, Lidia se le ha puesto delante con una mirada llena de ira. Tanto que Leticia, asustada, le dice a la criada:

—Rosa, ¡Lidia me está poniendo cara de odio!

Pero como ya han llegado las Elenitas, Lidia no puede defenderse diciendo que es que así a lo mejor tiene que compartir el duro con ellas.

En el Puente de Barcas hay mucho gentío. Se está celebrando un concurso de pesca con caña.

Al lado del Puente de Barcas sobre el río Tajo, en la carretera de Madrid a Andalucía, hay un tenderete que vende vino, refrescos y otras bebidas. Vende también cacahuetes y pipas de calabaza. Y frutos de boniato. Y hoy, como es fiesta y se está celebrando un concurso de pesca con caña, el dueño ha hecho un fuego y en una parrilla de hierro asa los peces del río que le ha traído el Guarda Mayor del Patrimonio Nacional.

Al dueño del chiringuito le llaman el Tío Rana Verde porque es muy alegre y a todos los que ve les saluda diciendo: «Buenos días, rana verde», «¿Qué tal estamos, rana verde?», «Hace buen tiempo, eh, ¿rana verde?», etc. El chiringuito que tiene también se llama El Rana Verde, pero la gente que viene de Madrid se pasa de lista y dice que tendría que llamarse *La Rana Verde.*

Las dos muchachas con los niños del ingeniero y las Elenitas se han metido entre el público que está viendo el concurso de pesca con caña. Y se han acercado al fuego donde asa los peces el Tío Rana Verde.

Huele muy bien, a sardinas asadas; y hay mucha gente alrededor mirando; porque los peces asados están caros.

Al lado del corro que se forma en torno al asador de peces hay otro corro de gente que se está riendo mucho. Es un pordiosero que está borracho y dice cosas que hacen reír. Lleva un sombrero de trapo roto y sucio y lleva barbas y una chaqueta vieja con los bolsillos arrancados y unos zapatos anchos sin cordones que le han debido dar en alguna casa de ricos.

Está cantando, está bailando y dice cosas que hacen reír mucho a la gente. Así a lo mejor consigue que le den perras gordas y reales los que han venido de los pueblos a la fiesta de San Fernando.

Las dos criadas se han abierto paso entre la gente hacia el interior del corro; los niños las siguen. Pero Pedrito, entre las piernas de los hombres, se ha colado antes y ya está en la fila primera, mirando. Ahora unos mozos de Villaconejos le han quitado al pordiosero su sombrero y lo andan escondiendo pasándolo entre la gente de mano en mano mientras el hombre, tambaleándose, lo busca inútilmente. Unos le engañan diciéndole «caliente, caliente», «frío, frío»; otros le ponen la zancadilla y le dan empujones.

Pedrito, de repente, ha salido corriendo hasta el centro del corro y grita nervioso, llorando casi de rabia, porque entre el bullicio apenas se le oye:

—¡Dejadlo! ¡Dejadlo ahora mismo! ¡Es Facundo! ¡Es Facundo!

El niño se acerca al mendigo, que ha rodado por el suelo de un empujón. Le está mirando, de pie delante de él. Le dice:

—Facundo, soy Pablito, el hijo de los nuevos de la calle del Rey.

El pordiosero también le mira con los ojos vidriosos por el vino. En todo el corro se ha hecho un silencio que impresiona. El mendigo trata torpemente de incorporarse sin dejar de mirar al niño. Y de pronto, reconociéndole, exclama:

—¡Amigo!

Y le ha tendido la mano vacilante y sucia al niño. Pedrito le ha dado la suya. Rosa, en ese momento, nerviosa, sale de entre la multitud y trata de separar al niño. Pero él le dice indignado.

—¡Que me dejes!

Y a Facundo, que no hace más que decir, riendo bobamente, «¡amigo, amigo!», le propone:

—Tengo un duro para las fiestas. ¿Quieres que nos compremos un pez asado para los dos?

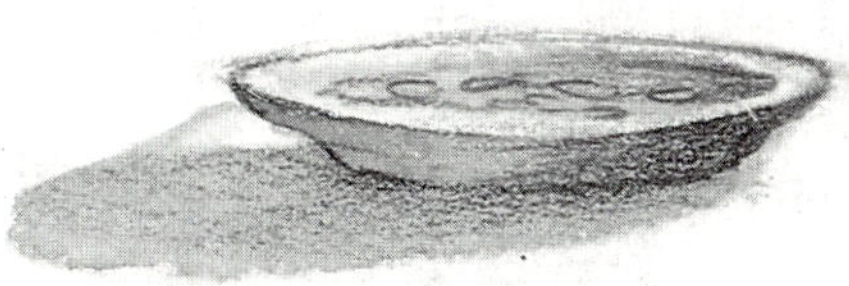

14 Ha nacido el hermanito

EL hermano quinto nació por la noche. Pero por la tarde llamaron ya a la comadrona, que era una mujer mayor y grande que se llamaba doña Encarnación.

Cuando los niños volvieron de pasear con Rosa por el Jardín del Príncipe, doña Encarnación estaba ya en casa. Y Pedrito, al verla junto a la cama de su madre, dijo con toda naturalidad a sus hermanas:

—Mirad, ya ha venido la cigüeña. (Y señalaba a la comadrona.)

A la mañana siguiente, la muchacha llevó a los niños a que vieran a su mamá y a que besaran a su hermanito.

Las niñas, un poco sobrecogidas, le dieron un beso. Pero Pedrito afirmó solemnemente: «Ahora ya tengo por fin un hermano *hombre* para jugar.»

Aquella misma tarde, sin haberle dado tiempo a cumplir siquiera un día, al volver del parque, Pedrito entró en la habitación donde su madre y dos vecinas estaban con el niño, y preguntó:

—¿Ya es mayor?

A la mañana siguiente, al levantarse, lo primero que hizo fue entrar de nuevo de puntillas, porque estaba oscuro y el niño dormía en la cuna, y preguntarle a su madre si ya podía llevarse al hermanito a jugar con él y con Facundo en la plazuela.

Como las dos veces, riéndose todos, le dijeron que no, Pedrito optó desde aquel momento por desentenderse olímpicamente de la evolución de su hermanito, «porque —dijo desilusionado— a la hora de la verdad no servía para nada».

Lidia en cambio lo llevó peor. Ahora todas las atenciones eran para el nuevo niño; a Pedrito le daba igual, pero ella se sentía marginada. Y recurrió a procedimientos nada corrientes para que su madre volviera a hacerle algún caso. El más frecuente era sentarse en la escalera y allí echarse a llorar desconsoladamente, cada vez más desconsoladamente; sobre todo, cuando subía alguien que ella intuía que venía a su casa a ver al nuevo niño y a la madre.

Una vez que se ponía a llorar y agarraba la llantina, era capaz de pasarse las horas muertas gimoteando, ya sin control ni causa. En ese estado la encontró aquel día don Evaristo cuando regresaba a casa y le preguntó:

—¿Por qué estás llorando, Lidia?

—Espera que me *ponga a acordarme y ya te lo digo* —respondió con voz entrecortada la niña.

Todos comentaron lo que era evidente: Lidia tenía celos del recién nacido; siempre pasa; es normal.

Pero no pudieron imaginarse que llegara a hacer lo que hizo a los pocos días:

Aprovechando que una breve salida de la madre había dejado solo en la cuna al bebé, la niña, que vigilaba tras una puerta en espera de este instante, entró corriendo y le metió en la boca por la fuerza un tomate sustraído de la cocina la noche anterior.

Pero como la vieron salir corriendo de la habitación y abrir la puerta y bajar precipitadamente las escaleras y echar a correr por la calle, sospecharon que algo malo había hecho. Corrieron entonces; y así llegaron a tiempo de salvar de la asfixia segura al niño.

Esta reacción de Lidia fue muy comentada en la familia. La madre recordó entonces los problemas que ya tuvo la niña meses atrás cuando murió la criada coja.

Y, sin embargo, las reacciones más extrañas no fueron ni las indiferencias de Pedrito ni las envidias de Lidia. Las reacciones más extrañas las experimentaron el gato de la criada y el perro —que al fin no se llegó a llamar Azaña, como quería don Evaristo, sino Kórac.

Realmente ni el uno ni el otro habían llegado a entusiasmar a los niños, como bien podría haberse esperado. Simplemente estaban en casa como uno más, se les daba de comer —lo cual no era poco en aquel tiempo— y se jugaba con ellos o se les reñía, según como fueran las cosas. Acaso es que no era tiempo de repartir carantoñas y comidas entre más seres vivos que los que Dios mandaba. De hecho el gato ni siquiera había merecido que se le buscara un nombre propio; dado que Rosa, la muchacha, hablaba de él siempre como «mi gato», al admitirle en la familia bastó unir en uno solo ambos vocablos y escribirlo con mayúscula: se llamaba Migato.

Por su parte, ambos, gato y perro, tampoco parece que exigían más; porque hasta los animales entienden que en determinados contextos cualquier ser vivo puede darse por satisfecho con una raspa de pescado o un hueso, un techo, un sofá o una alfombra en que dormir la siesta y gente alrededor que te quiera o que te riña.

Pero la llegada del niño lo trastocó todo. A los pocos días, una mañana en que alguien al entrar dejó la puerta abierta, Migato salió en silencio hasta el umbral y desde allí emitió un extraño aullido, triste y lastimero. Todos en la casa pudieron oírlo. Y cuando, sobrecogida, Rosa se asomó a la puerta de donde había procedido el maullido, tuvo el tiempo justo de ver cómo lenta y tristemente, el gato ganaba el rellano del portal y se perdía en la calle. Cuando, corriendo, salió al balcón para llamarlo, ya no pudo llegar a verlo. Nunca regresó.

Kórac en cambio, durante algún tiempo, continuó llevando su vida normal que, por lo demás, no tenía nada de interesante. Salvo cuando estaban los niños, que le molestaban, y cuando Rosa le echaba los desperdicios después de comer, se pasaba el día sesteando holgazanamente en el sofá cuyo derecho de uso había conquistado pacientemente cuando el ingeniero no estaba en casa.

Un día la madre le echó de allí, sin muchas consideraciones, todo hay que decirlo. Y se puso a cambiar los pañales y a fajar al niño encima del sofá. El perro parece que se resignó y fue a echarse sobre una vieja alfombra al fondo del salón. Desde allí, no obstante, estuvo observando toda la operación del fajado del niño que, tras haber pateado y llorado mientras lo cambiaban, ahora dormía plácidamente en el sofá; la madre y Rosa cambiaban mientras tanto la ropa de la cuna y habían dejado la puerta abierta para poder vigilarlo.

Cuando Rosa fue por el niño para acunarlo, apenas lo retiró del sofá, Kórac saltó con los ojos hechos un ascua de su rincón y en un santiamén con uñas y dientes destrozó la tela del sofá en el punto exacto donde había estado el niño.

Tuvieron que matarlo; se había vuelto rabioso.

El reencuentro con la vieja familia

15 Una noticia inesperada

ES *un día de hacer,* hace ya cinco días que nació el renacuajo. (Porque todos le llaman al niño nuevo «renacuajo». Menos Leticia; Leticia le llama «larva».)

Por orden del señor, Rosa ha levantado temprano a los chicos. Y los está vistiendo con las ropas de *día de fiesta.* Ellos están desconcertados.

—¿Pasa algo, Rosa? —pregunta Laura.

—Yo no sé nada. Yo hago lo que me mandan.

Desde el salón llega la voz del ingeniero que pregunta:

—Rosa, ¿están ya listos?

—Un momento señor; me falta Pedrito.

—Papá ¿verdad que no tengo que quitarme las legañas?

—Date prisa y calla.

Y entonces llegó un taxi. Era un coche viejo al que le habían puesto un letrero de «taxi».

Toda la familia se metió dentro.

Y dijo el ingeniero al chófer:

—Llévenos a la puerta principal de Palacio.

El taxista se quedó extrañado y, sin acabar de creérselo, volvió la cabeza para mirar en el asiento de atrás aquel enjambre de gente amontonada: las tres niñas, Pedrito, la madre con la «larva», Rosa... y, volviéndose al ingeniero que estaba en el asiento de delante, preguntó:

—¿Cómo ha dicho usted?

—Al Palacio. Llévenos a la puerta principal del Palacio. Nos están esperando.

El chófer encogió los hombros como diciendo: «No entiendo nada». Pero como a él le pagaban por obedecer, puso el auto en marcha y enfiló hacia Palacio.

Entonces, desde el fondo del asiento de atrás, se oyó la voz de Pedrito que decía:

—Mi amigo Facundo también está en la Puerta Principal de Palacio con otros amigos suyos para que le den perras gordas los ricos que llegan. Me lo dijo un día.

—¡Niño! —se oyó gritar a la criada—. ¡Cuántas veces te tengo dicho que tu madre no quiere que *mentes* más a Facundo!

—Muchas —le dio la razón el niño—. Pero es que Facundo es mi amigo.

—Eso era antes, Pedrito —dijo tratando de ser convincente la señora—. Ahora es distinto.

El chófer volvió de nuevo la cabeza para mirar de arriba abajo al niño y retornó la vista al volante con un gesto que decía sin género de dudas: «Ahora sí que no entiendo absolutamente nada».

Pero su capacidad de sorpresa apenas si había comenzado a ser puesta a prueba.

Efectivamente, llegaron a la entrada principal de Palacio. El ingeniero abrió la portezuela del auto, descendió apresuradamente con un voluminoso maletín de mano que portaba, miró al cielo contemplando la luz que hacía y sonrió con cara de satisfacción: a esa hora de la mañana, en junio, en Aranjuez siempre hay una luz excelente para hacer fotografías.

Y acercándose, decidido, a la majestuosa escalinata que daba acceso a Palacio, saludó a los guardias —que también le saludaron— y, abriendo el voluminoso maletín, extrajo de él un sólido trípode, una antigua máquina de hacer fotografías, un viejo fotómetro y un paño negro.

Mientras tanto, la madre, aleccionada, fue colocando con ayuda de Rosa a sus hijos de mayor a menor y de arriba abajo, uno en cada escalera del acceso principal a la puerta de Palacio. En el quinto escalón, cuidadosamente enfajado, estaba la «larva» o «renacuajo» —que, asustado, no tuvo tiempo de decir nada.

Todo fue muy rápido.

JRA

El ingeniero midió la luz con el viejo fotómetro, se introdujo tras el paño negro y estuvo haciendo algo durante un momento. Luego sacó la cabeza para mirar a ver si estaban todos bien puestos —a Leticia le dijo que no se moviera y a Laura que se corriera un poco—; luego se volvió a meter otra vez detrás del paño, levantó la mano, movió los dedos para llamar la atención, cogió el disparador que colgaba, se oyó un ¡click! y todos, hasta los guardas y el mismo taxista, estallaron en aplausos.

Entonces dijo el ingeniero:

—Rosa, coge al pequeño y en el taxi vuélvete con él a casa, no se resfríe.

Y al taxista le dijo:

—Tenga usted, por todo.

Y le dio cinco duros —que en aquellos tiempos eran una fortuna.

La señora le dijo a la muchacha cuando ya se iba:

—Póngalo a dormir. Y no prepare comida. Hoy comeremos todos en el Restaurante de la Ribereña.

Al oírlo, todos los niños se pusieron a dar saltos y a decir ¡viva!, ¡viva!

Y luego se fueron a jugar por los parterres del Jardín de la Isla.

El ingeniero mientras tanto sacó una placa negra de vidrio de la máquina de hacer fotografías; la estuvo mirando al trasluz del sol; se la enseñó al oficial de la guardia de Palacio explicándole alguna cosa; guardó cuidadosamente la placa; recogió el paño negro; desmontó la máquina de hacer fotografías, recogió el trípode. Y fue guardando todo cuidadosamente en el maletín voluminoso. Pedrito había dejado de jugar y estaba absorto junto a él, en silencio, contemplando arrobado el técnico ajetreo de su padre. Cuando vio que ya terminaba, le dijo:

—¿Ya nos vamos a comer?

—Sí.

Y salió corriendo alborozado a decir a los demás que ya. Y que a ver quién llegaba el primero al Restaurante de la Ribereña.

Ignoraban todos que allí les esperaba una noticia inesperada:

—Queridos hijos —comenzó a decir el ingeniero, puesto de pie, cuando todos se hubieron sentado alrededor de la mesa que tenían reservada—. Hoy es un día importante. Y voy a explicaros por qué mamá y yo hemos querido invitaros a este banquete excepcional.

Se hizo un extraño silencio, porque todos los niños, para ponerse atentos, dejaron de enredar con las cucharas, las servilletas, los vasos, los tenedores, los platos, el mantel y los cuchillos. Sólo Leticia le preguntó por lo bajo a Laura:

—¿Un banquete excepcional es así?

—¡Que te calles!

—El Gobierno de España —continuó serio el ingeniero— quiere que algunos españoles aprendan a manejar unas máquinas nuevas que sólo se fabrican en un país muy lejano que se llama Suecia.

—Suecia, capital Estocolmo. Otras ciudades importantes son también Malmoe y Gotteborg. Industrias de acero, madereras y construcción de buques. De religión Luterana —informó Laura.

—Y ha designado para ello a vuestro padre junto a otros tres ingenieros más.

—¿El Gobierno español mismo?

—¿Y ya eres importante así?

—¿Qué van a hacer esas máquinas?

—¿Nos traerás un regalo a tus hijos?

—¿Mamá también va?

—¿Y el Gobierno español cómo te conoce?

—¿Hay un río también allí y un Jardín de la Isla?

—Voy a ir a ese país en aeroplano para tardar menos. Pero estaré allí diez días. Durante esos días, en mi ausencia, vendrá a casa el tío Tomeu de Palma de Mallorca; porque siempre tiene que haber un hombre en casa. Tendréis que obedecerle igual que a mí.

Luego prosiguió:

—Pero lo más importante es lo siguiente: a mi vuelta, si os habéis portado bien, ¡iremos todos en un barco a que conozcáis a vuestra familia que está en

Palma de Mallorca y que tampoco os conoce, porque ha habido una guerra!

Los niños, al pronto, ni reaccionaron. Tan grande era la sorpresa.

Y entonces el padre concluyó:

—Laura, tú quedas encargada de enviar a la familia de Palma la fotografía que acabo de haceros.

Y se sentó.

Y todos comieron alegremente.

16 Cartas al padre

«Aranjuez, 14 de junio de 1943.

»Querido papá:

Te escribo yo, tu hija Laura, en nombre de todos y también en el de Pedrito. Es que Pedrito está enfermo. Pero no te asustes que no es nada.

Esta mañana, al levantarnos, tenía fiebre y el doctor de la Fábrica le ha dicho a mamá que el niño se quede en la cama todo el día; y que coma bien.

Entonces Pedrito ha dicho: «¡Que venga ahora mismo la criada!».

Cuando la criada ha venido ahora mismo, Pedrito se ha incorporado en la cama y apoyándose en la almohada le ha dicho muy serio:

—Quiero que sepa usted que estoy enfermo. El doctor que me ha enviado el Director de la Fábrica ha recetado que guarde reposo y que me alimente bien. Así que le ordeno que me sirva ahora mismo aquí primero el desayuno, luego la comida, luego la merienda y luego la cena. Sírvamelos con uniforme y en la mejor bandeja. Igual que usted hace con el señor; porque yo soy ahora aquí el único hombre. Y siempre tiene que haber un hombre en casa. ¡Y si no estás conforme, te vas! ¿Entendido?

La criada no ha sabido si echarse a reír o echarse a llorar. Pero mamá le ha dicho que no se preocupe; que le lleve el desayuno y ya está.

Yo te cuento esto para que te rías, porque mamá dice que te vas a aburrir mucho, ya que la gente de ese país son muy serios y allí casi siempre es de noche todo el día. ¿Es verdad eso?

Ahora le dejo un poco de la carta a mis hermanos.

Escríbenos pronto.

Tu hija.

Laura Montalvo.»

«Querido papá:

¿Ya has llegado a ese sitio? Nosotras, bien.

Papá, no te olvides de lo de los regalos. Si no tienes bastante dinero no te preocupes: tráenos uno solo para todos. Al niño chico no le traigas nada. ¡Total, no se va a enterar!

El tío Tomeu todavía no ha venido.

No te olvida.

Leticia.»

«Laura me lleva de la mano y yo escribo. Pero Pedrito no sabe ni así. Ven pronto.

Lidia.»

«Aranjuez, 20 de junio de 1943.

Querido papá:

Quiero empezar diciéndote que Leticia ha aprobado el ingreso en el bachillerato, y Elenita la mayor, en cambio, no. El examen, como ya sabes, era en Madrid, en el Instituto Beatriz Galindo.

Pero quiero contarte una cosa muy horrible que le ha pasado y que sólo sabemos mi hermana y yo.

Y es que ayer cuando volvió de Madrid de examinarse, por la noche, ya en la cama, me dijo que le había cogido odio a la Sor. ¿A que es muy horrible? Pero no estés preocupado, papá; porque ha sido con razón.

Mamá le había dado a mi hermana dos pesetas cuando la llevó al colegio aquella mañana antes de ir a Madrid. Leticia no dijo nada a nadie. Las guardó y fue a examinarse. Pero por la tarde, cuando salió de examinarse y estaban todas las niñas de Aranjuez y de otros pueblos en un patio, ella se escabulló y se fue a la calle de Goya. Estuvo andando y andando sola mientras apretaba en la mano cerrada las dos pesetas. Como tardó bastante en volver, la Sor notó que faltaba y la estuvo buscando, todas las demás niñas la buscaban también. Pero no aparecía por ninguna parte. La Sor estaba muy disgustada y preocupada por si le había pasado alguna desgracia. Avisó a la Dirección del Instituto y unos bedeles empezaron a buscar más. Pero nada.

La Sor, entonces, nerviosísima, salió a mirar a la calle... y allí, por la acera, entre la gente, sofocada con la cara colorada de correr, venía Leticia. Ella no vio a la Sor;

ella no veía nada: sólo miraba el inmenso helado de dos pesetas de nata al que, de rato en rato, mientras se apresuraba a volver, daba un chupetazo. Tenía los carrillos untados de nata.

Distraída como iba y mirando sólo a la golosina, se zampó en los hábitos de la Sor que la estaba esperando. Por primera vez quitó los ojos del helado y, aterrada, levantó la vista mirando a la Hermana. No tuvo tiempo ni de abrir la boca para decir «ma mère...». Un manotazo de la monja le estrelló el helado contra el suelo.

A Leticia se le deslizaron dos lagrimones por las mejillas mientras miraba desconsolada su helado de nata escachado en la acera.

Esto ha sido todo, papá.

Leticia no me deja seguir más porque quiere escribirte ella y me estorba y me quita la pluma.

Un abrazo muy fuerte de tu hija.

Laura Montalvo.»

«Papá: Laura es una acusica y no guarda los secretos, pero yo la perdono; y a la Sor también la he perdonado ya. ¿A que podré ir en el barco a Mallorca porque me he portado bien?

Me dice mamá que te dicte otra cosa que vi en Madrid, y fue que por la tarde me recogió el tío Tomeu que ya ha venido y me llevó al Museo Naval. En el Museo me llevó a un cuadro que estaba dibujado un señor que era Almirante y me explicó que era un antepasado nuestro que llegó a famoso. Se llamaba Saturnino el Sabio.

Esta noche el tío que ha venido de Palma de Mallorca nos va a contar la historia de nuestro antepasado Saturnino.

Nada más.

Me voy a jugar.

Leticia.»

17 El tío que volvió de Rusia

«SATURNINO el Sabio era hijo del bisabuelo Deogracias y hermano de Timoteo el Santo y de mi abuelo. Era astrónomo. Bueno, él era marino; pero como era bajo de estatura, tímido y miope, en compensación, se dio a estudiar y a estudiar y llegó a ser un astrónomo famoso.

Vivió a finales del siglo pasado y a principios del presente siglo.

En aquellos años se organizó en Europa un importantísimo congreso de sabios de todo el mundo presidido por Einstein, que era el más sabio de todos. Y Saturnino Montalvo —que era su nombre completo— fue enviado por el Gobierno español en representación de España.

Pues bien, entre tantos sabios, sólo nuestro antepasado fue capaz de demostrar que Einstein, el sabio más sabio del mundo, se equivocaba en una de sus famosas teorías. Einstein mismo así lo reconoció.

Y entonces fue cuando al volver a España le dieron el nombre de Saturnino el Sabio.

Unos años después, los sabios alemanes, que les tenían mucha manía a los sabios ingleses, le pidieron al Gobierno español que mandara a Saturnino el Sabio a un congreso de Londres para demostrar que los astrónomos de Gran Bretaña habían puesto tres estrellas mal situadas en el mapa que usaban para orientarse todos los barcos del mundo.

Saturnino el Sabio fue a Londres a demostrarlo, lo demostró y se vino.

Con estos éxitos, nuestro antepasado llegó a ser muy popular. Cuando murió, le hicieron ese cuadro que vio Leticia ayer en el Museo Naval. Y, además, le sacaban su retrato en los cromos de las cajas de cerillas. Yo personalmente he conseguido tres de aquellas cajas de cerillas.

La vida de nuestro ilustre antepasado, además de ser un orgullo para su familia, es un ejemplo para todos los españoles que pretendan hacer algo por su patria.»

—Tío Tomeu, ¿tú eres también un español que pretende hacer algo por su patria? —quiso saber Pedrito, tras escuchar este relato enardecido.

Por toda respuesta, el tío Tomeu miró iracundo al niño y se llevó las manos a la cabeza, como desesperado. Y, en silencio, continuó cenando.

Eran las 9,30 y estaban todos cenando.

Tío Tomeu había llegado tres días antes. Cuando llamó a la puerta traía dos enormes maletas de madera y, al entrar, hacía un ruido estrepitoso, pisando fuerte en las viejas tarimas. Porque llevaba botas militares. Porque venía de la guerra de Rusia.

—Tío Tomeu, ¿tú has estado en una guerra que hay en Rusia? —intentó saber, esta vez, Lidia.

Tío Tomeu dejó de cenar; miró agradecido a la muchacha y, tomando la palabra, no la dejó ya hasta que se le fueron quedando dormidos uno a uno los cuatro sobrinos. La última en caer, tras ímprobos esfuerzos por mantenerse en vela, fue Laura. En las páginas de su cuaderno correspondientes a aquellos días, habla con admiración de su tío Tomeu que, por las noches, les contaba historias increíbles de cuando estuvo en la División Azul, en la guerra entre Alemania y Rusia.

A la hora de las comidas, en cambio, les contaba historias verdaderas de la vieja familia.

A la mañana siguiente del día en que llegó, Tío Tomeu juntó en el salón a los cuatro sobrinos. Los sentó en torno a él y, puesto de pie marcialmente ante ellos, les dijo:

—Vuestro padre ya os ha dicho que yo permaneceré aquí durante su ausencia. Dos cosas pretendo en mi estancia entre vosotros: que haya orden en esta casa y que lleguéis a conocer y a apreciar la importancia de la vieja familia a la que pertenecemos. El orden es imprescindible para que una comunidad marche bien. Yo lo he visto en el frente de San Petersburgo: la anarquía es la derrota. De manera que, a partir de hoy, os levantaréis a las 9, desayunaréis a las 10, se comerá a la 1,30, habrá una frugal merienda a las 5 en punto de la tarde y la cena será a las 9,30. ¿Entendido? Laura, tú quedas encargada de que este horario se mantenga inflexiblemente.

Las conferencias «sobre la importancia de la familia a la que pertenecemos» las impartía tío Tomeu a la 1,30 exactamente, durante las comidas. El primer día explicó que el apellido Montalbo o Montalvo —que así también se escribe y es correcto— procede del linaje real por línea indirecta a través de la rama familiar de un hijo bastardo de Alfonso X el Sabio.

Y para impedir que surgiera la pregunta evidente —¿qué es un hijo bastardo?—, tío Tomeu se apresuró a continuar:

—Aquel hijo recibió en heredad de su real padre los dominios de un amplio territorio denominado Mons-Albus, que en castellano antiguo dio lugar a Monte-Albo, hoy Montalbo, nuestro apellido.

El segundo día, tío Tomeu dijo:

—En la enciclopedia más importante de España, que se llama Diccionario Espasa, aparece nominado un Almirante Montalbo, que fue el primer marino español con patente de corso para defender la Marina española de los ataques de los pérfidos ingleses.

Y para impedir que surgiera la pregunta evidente —qué es ser pérfido y patente y corso—, tío Tomeu se apresuró a explicar:

—Pero yo tengo investigado que antes que él otro miembro ilustre de nuestra familia, con el nombre de

Gonzalo de Montalbo, acompañó a Ponce de León en el descubrimiento de las costas americanas de La Florida.

El tercer día, el tío Tomeu demostró fehacientemente que un Almirante Montalbo mandaba los barcos españoles en el enfrentamiento con la escuadra norteamericana, cuando España perdió las Islas Filipinas.

—Nuestro antepasado se portó heroicamente. Pero las fuerzas eran tan desiguales que en media hora los acorazados yankys habían destruido todos los navíos españoles.

Conviene aclarar —se apresuró a añadir tío Tomeu para evitar, una vez más, que surgieran preguntas impertinentes—, que los barcos españoles eran de madera.

El cuarto día, tío Tomeu no comió en casa porque viajó en el tren correo hasta Madrid para visitar a un anticuario que le iba a vender el verdadero escudo heráldico de la familia.

Pero por la noche, durante la cena, a las 9,30 en punto, ocurrió lo siguiente:

—Tío Tomeu, cuéntanos por qué cuando volviste de Rusia te trajiste un ruso de verdad —atacó Leticia sin ningún género de misericordia.

A tío Tomeu casi se le atraganta el trozo de huevo frito que estaba engullendo. Tomó aire. Levantó del plato la cabeza. Se limpió con la servilleta la boca y el bigote —pues no sé si he dicho todavía que además de usar botas militares, tío Tomeu lucía un robusto bigote— y miró a la más osada de sus sobrinas con unos ojos que decían expresivamente: «¡Pero, cómo te atreves!».

La niña entonces no tuvo más remedio que defenderse.

—Nos lo ha contado mamá esta mañana.

Los ojos desorbitados de tío Tomeu buscaron ahora a su cuñada, que en ese preciso momento venía de la cocina con una fuente de patatas fritas.

—Tampoco pasa nada porque se lo cuentes, Tomeu —se adelantó a decir ella, tratando de apaciguar el temporal.

Y lo logró.

En realidad, tío Tomeu necesitaba muy poco para pasar de la ira a la euforia: bastaba que se le tendiera un puente para facilitarle su empedernida afición a contar historias, ya fueran éstas personales o de la familia, rigurosamente ciertas o convenientemente fabuladas.

La del ruso auténtico que se trajo consigo al volver de Rusia era rigurosamente cierta. Y es como sigue:

Al tío Tomeu no le gustaba el régimen político que había en Rusia. Eso es normal; a mucha gente no le gustan muchas cosas de la otra gente; más diría: a la mayoría de la gente no le gustan la mayoría de las cosas de la otra gente; sobre todo, si les va bien. Pero prosigamos:

El tío Tomeu quería que cambiara el régimen político de Rusia y para eso se alió con el régimen político de Alemania y se fue a la guerra. Pero después de un año y medio de producir desdichas y de sufrir desgracias, Alemania y el tío Tomeu perdieron la guerra.

Cuando llegó la hora de la retirada del frente de San Petersburgo, el tío Tomeu recapacitó: somos 750 000 los soldados enemigos de Rusia. Si cada uno, al retirarnos, cogemos y llevamos con nosotros un ruso auténtico, habremos debilitado poderosamente al régimen soviético.

No se sabe si convenció a los demás, pero al menos él cumplió su pensamiento y se trajo a Mallorca un ruso de verdad.

—El ruso —les había explicado a los niños la madre por la mañana— vivía en Palma de Mallorca en la casa de la abuela y no hablaba absolutamente nada de español. El tío Tomeu le preparó una litera en el cuarto trastero de la casa. Y allí pasaba las horas muertas.

—¿Es que se murió allí? —preguntó asustada Lidia.

—¡Ay, qué tonta eres! —le recriminó Laura—. Pasar las horas muertas significa pasar mucho tiempo aburrido.

—En la casa de la abuela en Palma —continuó la madre—, muchos días por la noche se hacían tertulias y fiestas y se daban conciertos de canto y de piano y se recitaban poesías.

—¿Sí? —dijeron admiradísimos todos los niños.

—¡Pues claro!

JRA

—Hasta ahora nunca nos lo habías dicho. Y papá tampoco —se quejó Laura.

—¿Este verano, cuando vayamos, habrá una fiesta en casa de la abuela y yo podré recitar una poesía de la hermana Sor Fufú que dice: *Helo, helo, por do viene / el infante vengador*? —preguntó Leticia.

—Seguro que sí —contestó la madre. Pero ahora dejadme continuar:

En medio de aquellas fiestas, el tío Tomeu imponía de pronto el silencio a todos los invitados y les decía: «Permitidme que os muestre una auténtica sorpresa. Quiero presentaros un ruso de verdad, ¡y vivo!»

Ante la general expectación, el tío Tomeu se dirigía al cuarto trastero. Y al cabo de un instante, regresaba acompañado del ruso auténtico, que bien aleccionado, sonreía a todos y hacía tres inclinaciones por la cintura. Luego, entre los aplausos de los convidados, regresaba de nuevo a su habitación.

Así estuvo viviendo el ruso en casa de la abuela de Palma casi medio año.

Pero un día de fiesta principal, cuando la casa estaba más llena que nunca de invitados ilustres y el concierto de piano era más brillante y hasta iba a cantar una soprano, el tío repitió la ceremonia de imponer silencio y ofrecer una sorpresa auténtica a los presentes. Sólo que esta vez la sorpresa se la llevó él: fue a abrir el cuarto del ruso para traerlo a sonreír y a hacer la reverencia... ¡Y el ruso se había evaporado!

Nunca más se ha sabido de él.

¿Cómo iban a aguantarse los niños, después de que su madre les contara por la mañana esta historia, sin preguntarle a tío Tomeu a las 9,30 en punto de la noche, a la hora de la cena, si era o no era verdad?

Tío Tomeu fue honrado y declaró que sí era verdad, aunque su cuñada la había exagerado algo. Y añadió inmediatamente —para evitar que los sobrinos entraran en mayores averiguaciones:

—Pero, ¿qué es esta historia al lado de la del abuelo Bartolomé que le enseñaba latín al obispo de Mallorca? ¿O la de nuestra antepasada la generala, que llegó desde la Isla a Gerona en un barco de vela cargado de cochinos para hacerse novia del general Moreno Francés, el terror de los Carlistas? ¿Y qué me decís del tío Timoteo el Santo, hijo del bisabuelo Deogracias, que resucitaba muertos en Sóller y calmaba las tempestades de la bahía de Alcudia?

Aquella avalancha de espectaculares noticias sobre tan insignes como desconocidos e interesantísimos familiares despertó en los niños una desbordante ilusión por viajar a Mallorca para reencontrarse con la vieja familia.

Por entonces fue cuando Laura envió a casa de la abuela la foto que les había hecho su padre en la puerta principal de la entrada de Palacio antes de partir para Suecia. En el reverso escribió en nombre de todos:

«Querida abuela y querida vieja familia toda, os enviamos esta fotografía para que nos conozcáis. Yo soy la mayor, Leticia está en la escalera segunda, luego viene Lidia y después Pedrito; el quinto es "la larva". Pero no os preocupéis, que en cuanto vuelva papá de un país que está muy lejos iremos a veros en un barco. Tío Tomeu ya nos ha contado muchas cosas sobre vuestra vida en Mallorca. Nosotros, aquí en Aranjuez, somos menos raros.

Laura.»

Aquella noche durante la cena, tras regresar de Madrid de ver una vez más a su amigo el anticuario para que le rebajara el precio del escudo de familia, tío Tomeu leyó lo que había escrito su sobrina. Y estuvo tentado de tachar la última frase. Pero cuando ya iba a hacerlo, Laura le preguntó:

—¿De verdad nos llevarás de vacaciones a Palma de Mallorca? ¿Nos lo prometes?

Y tío Tomeu, como movido por un resorte, tiró la servilleta, se puso en pie y, casi ofendido, miró a los sobrinos, impresionados, y les dijo:

—¡Oídlo y aprendedlo de una vez: los Montalvo sólo tenemos una palabra! Y yo os digo que he venido a esto: a que volváis al seno de la vieja familia. La guerra ya pasó. Y es tiempo de que vuelvan a reencontrarse las familias. Este año iréis de vacaciones a Mallorca.

18 Otro viaje

«LO primero que vemos en esta ocasión es la inmensa llanura de La Mancha. Está toda dorada de mieses, porque ya es verano; porque ya es julio. Y hace mucho calor.

Es por la mañana.

En la inmensa llanura hay cuadrillas de segadores que cuando pasa el tren se incorporan y saludan a los viajeros con sus sombreros de paja y con las hoces. Luego con pañuelos se limpian el sudor.

Debajo de unos pocos árboles unas mujeres preparan la comida y los botijos del agua. Unos niños llevan los botijos del agua a los segadores. Hay también unos perros echados a la sombra. Hace mucho calor.

El camino es todo el rato igual. Así que

como fuera no pasa nada distinto, vamos a ver lo que pasa dentro.

El tren es un tren muy largo, es un tren correo y va muy lento. Lleva doce vagones. Funciona con carbón. La locomotora es negra. Echa mucho humo.

En el vagón quinto viaja a Palma de Mallorca la familia del ingeniero.

Hay que aclarar que ahora mismo no viajan a Palma de Mallorca, sino a Valencia. Y allí, esta noche, cogerán un barco; que será un vapor.

El vagón tiene los asientos de madera y unas tablas a cada lado, encima de los asientos, para poner los equipajes. Estas tablas van todas llenas de bultos. El vagón también va todo lleno de viajeros. Vamos a verlo: Están el padre y la madre que ocupan cuatro asientos ellos solos con el niño chico, porque la gente que entra, en las estaciones, al ver al pequeño le sonríen, saludan a los padres y les dejan que ocupen ellos solos cuatro asientos.

Hay otro sitio de asientos que antes estaba lleno con los bultos de la familia —¡que son muchísimos!—, pero ahora se han puesto allí unos señores que necesitan los asientos y los bultos están en el pasillo; casi todo el pasillo está lleno de bultos. Estos señores no sabemos qué son.

Otros pasajeros que van son guardiaciviles. Van cuatro. Y los cuatro llevan bigote.

Hay también unas monjas que todo el rato están rezando el rosario.

Los *guardiaciviles*, cuando mis hermanos pasan jugando por el pasillo a su lado, les asustan y a Pedrito le dicen arrugando los bigotes: «¡Chiquito, que te detenemos!». Y Pedrito viene corriendo a refugiarse en mí y me molesta porque estoy escribiendo la redacción de este viaje.

Las monjas, en cambio, cuando mis hermanas pasan jugando por el pasillo a su lado las detienen y una les pregunta cómo se llaman, de dónde vienen, quiénes son sus papás, adónde van y si estudian en un colegio. Y a Leticia, como es regordeta y siempre está risueña, le dan un pellizco en la mejilla diciendo: «¡Qué niña más rica!».

Iba a describir más gente que hay en nuestro vagón, pero hay tantos que no voy a poder. Va todo lleno. Unos llevan maletas; otros llevan sacos; otros, talegos con gallinas; otros van cargados de niños; otros, con un perro; unos comen tortilla de patata y ensalada de lechuga y pepino; hay uno que tiene una fiambrera con chorizo y queso y una hogaza entera de pan y le miran todos.

Pero en la estación que acabamos de pasar, que se llama Almansa, ha entrado una señora muy bien vestida con una muchacha que debe ser su criada y no su hija porque viste peor; y el revisor viene acompañándola y le ha hecho un sitio en unos asientos echando a un hombre y a otras mujeres que iban allí. El hombre y las mujeres están protestando. Otros hombres y otras mujeres les dan la razón. Se ha organizado un jaleo. El revisor vocea. El hombre también. La mujer bien vestida se calla y ya está sentada y está diciendo: «¡Por Dios, por Dios!». El vagón entero se ha alborotado por el caso. Mis hermanas van ahora corriendo a donde riñen los hombres y están mirando a ver qué pasa...»

—¡Laura, trae a tus hermanas! —se oye decir a la madre.

Y cuando Laura deja de escribir este capítulo y se levanta del asiento para ir a buscarlas, el padre le dice:

—Entretenlas ahora jugando contigo.

* * *

El viaje en tren desde Aranjuez hasta Valencia era muy largo. Y muy incómodo. Y muy aburrido. Pero los niños, con la novedad, se lo han pasado muy bien durante todo el trayecto. Ahora el tren está llegando a Requena, es por la tarde y están cansados, hace mucho calor, no hay ya caras nuevas, y el mar no se ve todavía. Por todo esto los niños se están quietos en sus asientos.

Los padres también van cansados; aunque en este viaje han hablado más y han pensado menos que en el primer viaje de este libro, cuando iban a vivir a Aranjuez. Tienen cierta preocupación por cómo será el reencuentro con la familia y el ambiente de la isla que abandonaron cuando estalló la guerra; pero ahora todo ha cambiado; ahora ya están bien; ahora será distinto... La gente también está cansada. Todo el vagón está cansado. Acaban de cruzar la estación de Requena. Muchos se han ido durmiendo por el calor, después de comer, pero ahora se aburren. El vagón entero se aburre de tanto viaje. El tren entero se aburre.

Y entonces Laura les dice a los hermanos:

—¿Hacemos un teatro?

—¿Qué teatro?

—El que nos enseñó don Evaristo.

—*Jopé,* yo ya no me acuerdo —dice Lidia.

—Pero yo casi sí. ¡Mamá, papá!, ¿podemos hacer el teatro de don Evaristo? Es que nos aburrimos.

—Bueno, pero no déis mucha guerra, que molestaréis.

—¡Nooo!, ¡si es para toda la gente! Es que todo el vagón se aburre. ¿No lo estáis viendo?

La gente que va sentada alrededor de la familia les

están escuchando y se han vuelto y sonríen y animan a los niños, y a los padres les dicen que no es ninguna molestia, sino al contrario. Y una monja, que debe ser la superiora de todas, porque con los demás viajeros sólo habla ella, se ha levantado, ha saludado muy amablemente al ingeniero y a su mujer y les ha dicho que una de sus hermanas entiende un poco de teatro y puede ayudar a los niños en la representación.

Todo el vagón está ya pendiente. La mujer bien vestida que se montó en Almansa también ha enviado a su muchacha para decirle al ingeniero que no tiene inconveniente en que las niñas hagan su teatro en el vagón.

Puestas así las cosas, el propio ingeniero decide que él mismo le pondrá imaginación a aquel montaje.

Se levanta. Y acompañado de sus cuatro hijos, un poco indecisos al ver que todos les están mirando, se dirige a los asientos que ocupan los cuatro guardiaciviles.

—Con la venia —les dice, haciendo una reverencia—. Solicito de la autoridad legítima, cuya representación ustedes ostentan, el preceptivo permiso para que esta ilustre compañía de comedias —y señala a sus hijos y a la monja— pueda representar ante el respetable un tinglado de la antigua farsa.

Los guardias, al pronto, se han alterado e instintivamente han llevado las manos al mosquetón. Pero afortunadamente, el cabo, después de cuatro años de posguerra ha conseguido reactivar un poco su sentido del humor; siguiendo la broma, responde:

—Ningún inconveniente tiene la autoridad militar en acceder a lo que pedís. Veamos qué opina la autoridad civil. ¡Número! —le dice a un guardia— ¡Vaya usted a llamar al revisor!

Y el número se va a llamar al revisor.

El revisor, cuando viene, tampoco encuentra inconveniente alguno. Y entonces Laura le dice:

—Pero usted, señor, tiene que hacer de hombre que controla las entradas, que son los billetes.

Y allí veréis al revisor pidiendo sus entradas al personal, que se ha arremolinado en torno al ingeniero, la monja y los cuatro niños.

La monja dice entonces:

—Señoras, señores, respetable público: Solicitamos licencia para retirarnos a los camerinos y proceder a un breve ensayo y a la caracterización de los personajes.

Y se va con los cuatro niños a la plataforma que existe entre vagón y vagón. Por el pasillo va recogiendo pañuelos, jerseys y blusas que los viajeros les dan para que se disfracen.

Pasa un rato.

La gente, divertida, espera. Todos tienen ya un sitio para ver y unos niños se han subido a la tabla de los bultos.

Ya vienen.

¡Aplausos!

Los artistas se han situado en el medio del vagón.

Se ha hecho tanto silencio que puede oírse el ruido de la locomotora.

Y va la monja y dice:

—Respetable público: La pieza que van a contemplar lleva por título «Caperucita azul», de autor anónimo contemporáneo.

A la monja, como es joven, se le ha puesto la cara de guinda al hablar en público. Pero prosigue:

—Esperamos que ustedes sabrán disculpar cuanto de improvisación adviertan en el espectáculo. Pedimos también indulgencia por las faltas que puedan proceder de las precarias condiciones del escenario (que, como sabemos, es el pasillo del vagón). A continuación se presentarán los propios artistas. Comienza la primera actriz, Laura Montalvo.

—Bueno, primero yo quiero decir que en realidad el autor no es anónimo, sino que se trata de don Evaristo, presbítero, que es nuestro vecino en la casa de Aranjuez. Y, en segundo lugar, en la obra yo soy la protagonista, Caperucita azul, una joven campesina huérfana que vive con su madre y con su hermano en el bosque y que va a ser engañada por el lobo disfrazado de príncipe. ¿Empezamos ya? —le pregunta a la Sor—. ¡Ah, no, que faltan los otros personajes! Mi hermana Leticia hace de mi madre y mi hermana Lidia de mi hermano Juan. Empezamos.

El público se remueve apretándose para oír mejor.

La monja dice:

—La escena se desarrolla en la cabaña del bosque donde vive la familia:

LA MADRE.—*(a Caperucita).*
Tenemos necesidad
de ropas y de alimento
para el diario sustento.
Voy a ir a la ciudad.
De noche regresaré.
Tu hermano Juan me acompaña.
Tú quédate en la cabaña.

CAPERUCITA AZUL.—Señora madre, así haré.

JUAN.—De ella no saldrás en vano;
cuida el hogar y la cena
y reza, en fin, tu novena.

CAPERUCITA AZUL.—Así haré, señor hermano.

JUAN.—A nadie abras, aunque arrobo
causen sus frases falaces;
que los más lindos disfraces
los suele vestir el lobo.

CAPERUCITA AZUL.—¿El lobo?

JUAN.—Traidor, conspira
contra la inocencia loca.
Y marchita cuanto toca.
Y emponzoña cuanto mira.
Acechando siempre está
en su triunfo confiado.

CAPERUCITA AZUL.—¡Qué horror!

MADRE.—Ten mucho cuidado
porque te devorará.
Que cuando ya las primeras
dichas son de virtud vaso,
se abren, para darle paso,
las entrañas de las fieras.

JUAN.—Adiós, que es muy tarde ya.

MADRE.—Por tu bienestar vigila.

CAPERUCITA AZUL.—Marchaos, madre, tranquila.
Porque el lobo no vendrá.

La monja dice:

—¡Telón! Fin de la escena primera.

Los tres actores salen corriendo por el pasillo a la plataforma de fuera donde tienen instalados los camerinos. El vagón arde en aplausos. La madre superiora está emocionada. Los guardias han dejado en el suelo los mosquetones y aplauden con sus manos desmesuradas. Hasta la señora de Almansa se ha puesto de pie y aplaude cortésmente.

Ya vuelven los niños.

El público dice ¡psssichch! y ya hay silencio.

La monja dice:

—Escena segunda. Caperucita azul, luego el lobo-príncipe y un bufón.

Se adelanta Laura:

CAPERUCITA AZUL.—¡Lobos! ¿Cómo sus querellas
no convierten en amores
viendo el color de las flores
y el brillo de las estrellas?
Mas, ¿qué están viendo mis ojos?

Ahora viene una poesía muy larga que se hace un poco aburrida. Se trata de que viene un príncipe, que es el lobo y para engañarme me dice cosas que son otra poesía muy larga. Aquí decimos sólo el final. ¡Leticia, que te toca! Empieza donde dice «busca conmigo el camino/y yo, en pago a tu piedad...».

LETICIA-PRÍNCIPE.—Busca conmigo el camino
y yo, en pago a tu piedad,
te mostraré en la ciudad
lo más raro y peregrino.
Verás prodigios a miles,
jardines que son pensiles,
fuentes de apacible lloro,
palacios que, en jaspe y oro,
tallaron regios buriles;
grandezas desconocidas,
flores en su tallo erguidas
y aguas que, en mármol brillante,
temblarán estremecidas
al reflejar tu semblante.
Ven.

CAPERUCITA AZUL.—Yo no me atrevo, señor.

PRÍNCIPE.—¿Qué puede darte temor
cuando el alma se enajena?
¿Qué puede causarte pena
cuando te espera el amor?

CAPERUCITA AZUL.—Desobedecerle así
a mi madre...

PRÍNCIPE.—Pronto aquí
de vuelta estarás, lo juro.

CAPERUCITA AZUL.—Mi hermano...

PRÍNCIPE.—Yo estoy seguro de que hará todo por ti.

CAPERUCITA AZUL *(retrocediendo).*—No y no. Dejadme en paz.

PRÍNCIPE.—Soy de engañarte incapaz.

CAPERUCITA AZUL.—Si algo malo me ocurriera...

PRÍNCIPE.—¿Qué sucederte pudiera?

CAPERUCITA AZUL.—Temo... al lobo montaraz.

PRÍNCIPE.—¿El lobo? ¡Qué niñería!

JRA

PEDRITO *(que hace de bufón).*—¡Pobre lobo! No es su sombra.

PRÍNCIPE.—Si él viera tu gallardía
a tus pies se arrojaría
para servirte de alfombra.

CAPERUCITA AZUL.—Si me amparáis...

PRÍNCIPE.—¡Con mi acero!

CAPERUCITA AZUL.—¿Volveré?

PRÍNCIPE.—Con el primero
de los cercanos albores.
Ven, candor de los candores.

CAPERUCITA AZUL.—¡Vamos pues, buen caballero!

Una salva de aplausos atruena el vagón, mientras el tren sigue su ruta ante la indiferencia de los pasajeros. Algunas mujeres lloran.

La monja dice:

—¡Fin de la segunda escena! A continuación y sin descanso nuestros artistas representarán la escena tercera. En ella Caperucita azul tiene remordimientos por haber desatendido a su madre y a su hermano, teme haber sido engañada por el falso príncipe que puede ser el lobo y llora desconsolada en sus reales habitaciones. Le acompaña una dama, que será interpretada por la actriz Leticia Montalvo:

DAMA.—Princesa, en tu llanto cesa,
que de la cuna a la huesa
vencer la tristeza importa
porque la vida es muy corta
¡y hay que vivirla, princesa!
¿Qué causa tu sinsabor
casada con el mejor
príncipe que el orbe engríe?
¿No te halaga y te sonríe
cuanto ves en derredor?
Toda una corte leal
se halla a tus plantas sumisa,
no quieras que por tu mal
lo que te trajo una brisa
se lo lleve un vendaval.

CAPERUCITA AZUL.—Dama, tu celo es en vano.
¿A qué el fausto soberano?
¿Mis grandezas para qué
si la cólera afronté
de mi madre y de mi hermano?

DAMA.—Amor tu conducta abona.

CAPERUCITA AZUL.—Pero a la desobediencia
debo fortuna y corona.
Y mi hermano me sentencia.
Y mi madre me abandona.

DAMA.—¡Necia pena y vano susto!

CAPERUCITA AZUL.—Hice contra ellos mi gusto.

DAMA.—Lícito y bueno también.

CAPERUCITA AZUL.—No es bastante hacer lo justo,
es preciso hacerlo bien.

DAMA.—Tú eres rica y pobres son.

CAPERUCITA AZUL.—Tienen sus fueros divinos.

DAMA.—Si es noble su corazón,
¿qué les impide el perdón?

CAPERUCITA AZUL.—¡Su orgullo de campesinos!

La monja va a decir «fin de la tercera escena», pero el público como un solo hombre prorrumpe en gritos de «¡Que siga! ¡Que siga!». Un niño de los que están subidos en la tabla de los bultos grita: «¿Y ahora, qué va a pasar?».

La monja explica:

—Ahora la madre y el hermano llegan a Palacio y, con argumentos y llantos y ruegos, convencen al príncipe para que les devuelva a Caperucita azul. Ésta se resiste a creer que el príncipe sea el lobo. Es una situación muy dramática. Lidia Montalvo representará en esta escena última al príncipe-lobo vencido:

LIDIA-PRÍNCIPE *(a la madre).*—
Pues bien, cúmplase la ley
fatal, vuestra hija llevaos.
Y, torpes, vanagloriaos
de que hacéis llorar a un rey.
Ya mis palabras no imploran
paz a quien me está matando *(llora).*

CAPERUCITA AZUL.—¿No lo ves que está llorando?
¡Madre, los lobos no lloran!

HERMANO.—Es verdad. ¡No condenemos,
madre, a quien sabe llorar!

DAMA.—Es hermoso perdonar.

MADRE.—¡Alma mía, perdonemos!
(Al príncipe y a Caperucita):
Hijos, mi pecho os espera.

CAPERUCITA AZUL.—¡Qué alegría!

PRÍNCIPE.—No os marchéis,
con nosotros viviréis.

PEDRITO-BUFÓN *(aparte).*—La cazada aquí es la
fiera.

CAPERUCITA AZUL.—Yo prometo, en mi contento,
a mis hijos enseñar
que a los padres hay que honrar
como ordena el mandamiento.

PRÍNCIPE.—Y como en compensación
yo les diré que en conciencia
no puede haber penitencia
cuando peca el corazón.

PEDRITO-BUFÓN.—Y a más, que envuelto
en sus tules
allí donde el amor vaya
habrá lobos mientras haya
Caperucitas azules.

No os lo creeréis, pero cuando la representación llegó a su final, el tren correo llevaba ya diez minutos parado en la estación de Valencia. ¡Y nadie en el vagón lo había advertido!

Laura Montalvo quiso salir corriendo a terminar la página de su cuaderno de viaje que había dejado sin terminar en el asiento.

Pero comprenderéis que no tuvo tiempo de concluirlo.

Fin

alta mar

comentamos el texto

1943

1. El diario de una vida

Los diarios son libros que presentan la Historia a través de la vida del escritor.

La literatura nos ha dejado magníficos diarios, que nos cuentan hechos importantes desde las vivencias personales de los autores.

Esta forma original de contemplar los hechos históricos permite al lector identificarse con el protagonista y volver a vivir, paso a paso y día a día, sucesos que, contados de otra manera, tendrían menos interés y menos atractivo.

1.1. La INTRODUCCIÓN, con la que se abre la historia que has leído, está escrita por una niña. Habrás descubierto cómo se llama, y cómo es.

Se llama ....

tiene.................años

y lleva en el pelo un ....

Entre sus hermanos es la ....

de ....

1.2. La INTRODUCCIÓN fue escrita por la autora del diario en 1944. El viaje se hizo un año antes.

¿Por qué motivo escribió este ejercicio de redacción?

....

....

1.3. El libro que tienes en las manos, *1943*, está escrito por Avelino Hernández. El autor utiliza una técnica poco corriente. Combina su narrativa con la aparición, aquí y allá, de fragmentos de «Laura» en su redacción original.

¿Qué elementos del libro ayudan al lector a diferenciar estos dos registros de narración?

....

....

....

1.4. Haz una descripción del tren en el que viajan Laura y su familia.

....

....

....

1.5. Laura ya es una mujercita y siente afición por la «escritura». A pesar de todo, se le nota un *estilo* todavía inmaduro.

¿Podrías copiar alguna expresión o forma escrita que lo demuestre?

....

....

1.6. Busca alguna frase de esta Introducción en la que Laura se exprese en primera persona.

(Estilo autobiográfico.)

....

....

1.7. El escenario principal del relato es la ciudad de Aranjuez.

INFÓRMATE: ¿Cómo es Aranjuez hoy?

....

....

....

....

....

....

....

1.8. Busca alguna fotografía, tarjeta o libro sobre Aranjuez.

1.9. *«La locomotora va soltando como a borbotones una columna de humo gris...»*

¿Qué recurso literario ha utilizado Laura Montalvo en este fragmento?

....

....

....

....

Intenta tú crear una frase que contenga este mismo recurso.

....

....

....

....

....

1.10. Han pasado muchos años desde 1943 hasta hoy. Aranjuez, en la provincia de Madrid, ha evolucionado. Ahora diríamos que el recorrido del tren atraviesa lugares, ciudades y campos de la *Comunidad de Madrid.*

Escribe una carta al Organismo Autonómico pidiendo información sobre la Comunidad.

Has de dirigirte a:

COMUNIDAD DE MADRID
Dirección General de Educación
C/ Alcalá, 31
28014 -Madrid.

2. El caballero triste

En el primer capítulo del libro *1943* nos encontramos a un hombre que viaja con su familia desde Madrid hasta Aranjuez. Es el mismo viaje que ha contado Laura en su «Cuaderno».

2.1. ¿Cómo nos presenta el autor a la madre?

....

....

....

2.2. Busca en este capítulo alguna frase o expresión que demuestre la tristeza del caballero que viaja en el tren con su familia.

....

....

....

....

2.3. El padre de Laura compró *un diario* en la estación de Atocha.

La palabra *diario* es polisémica porque puede adquirir diferentes significados.

Diario (adjetivo): algo que se hace todos los días.
Diario (nombre): rotativo para informarse todos los días.
Diario (nombre): libro que cuenta, de forma autobiográfica, momentos de la vida, día a día.

INVENTA tres frases en las que la palabra *diario* tenga cada uno de estos tres sentidos.

....

....

....

....

....

....

2.4. ¿Por qué crees que el padre de Laura va tan serio en su viaje?

....

....

....

2.5. *«La locomotora está silbando aguda y prolongadamente...»*

En la construcción de esta frase el autor ha utilizado dos adverbios de modo juntos.

Explica cuáles son los adverbios y qué licencia existe en el primero.

Son: ....

la licencia es: ....

2.6. Inventa tú una frase con esta misma «estructura» y licencia.

....

....

3. En el andén de la estación

Laura y su familia llegan a la estación de Aranjuez. Otra vez aparece la *escritura* de la jovencita, contando sus impresiones y sus recuerdos en un andén vacío, donde esperan que aparezca un coche de caballos.

3.1. ¿Cómo describe la estación de Aranjuez?

....

....

....

....

3.2. Los tres caballos que tiran del coche son de colores distintos: blanco, negro y bayo.

¿Cómo es este último color?

Descríbelo y haz una lista de nombres de animales u objetos que sean de color bayo.

....

....

....

3.3. «El tren se ha detenido en el andén, haciendo *chirriar* los frenos.»

Chirriar es una palabra onomatopéyica porque imita el ruido de lo que quiere decir.

Pronuncia estas palabras onomatopéyicas: *zumbido, maullar, ronroneo, bombo...*

Intenta escribir palabras onomatopéyicas:

....

....

....

....

3.4. OBSERVA esta frase, que aparece en el capítulo segundo:

«...Desde la máquina el fogonero, que también los observa tiznado de carbón, hace sonar silbidos agudos como para decirles que se apuren».

Explica el significado que tiene esta expresión dentro del contexto.

....

....

....

3.5. Haz un dibujo del cochero, tal como se describe al aparecer por la sala de espera. Usa colores.

3.6. INFÓRMATE:

En este capítulo aparecen algunas palabras cuyo uso es poco frecuente. Intenta informarte y escribe el significado que tienen en el contexto. Copia la frase en donde aparecen.

- *el andén* ....

....

- *la marquesina* ....

....

- *los visillos* ....

....

- *el fogonero* ....

....

- *un santiamén* ....

....

- *el pescante* ....

....

3.7. EXPLICA lo que quiere decir este bello párrafo que aparece en el capítulo que estamos comentando:

«Y ahora, mientras el carruaje avanza, las ramas desnudas por el intenso invierno entristecen la paz herido de la tarde.»

....

....

....

4. Una casa pobre

El capítulo tercero comienza con una descripción. El autor nos presenta el *«espectáculo deslumbrante»* de un atardecer invernal en Aranjuez.

4.1. Intenta describir la escena con árboles, palomas y el río Tajo. Hazlo a tu manera.

....

....

....

....

....

4.2. La casa que va a albergar a la familia es una casa pobre.

¿Por qué crees que tiene tantas faltas y tan pocas comodidades?

....

....

4.3. ¿Qué es un patio de vecinos? ¿Cómo te imaginas el de la casa pobre de Aranjuez?

....

....

....

....

4.4. El tiempo verbal en el que se desarrolla todo el capítulo tercero es el presente y el pretérito perfecto compuesto, ambos del indicativo.

Si recorres la magnífica narración de lo que ocurre al llegar a la casa, verás que el autor ha cambiado, en un momento, a los pretéritos perfectos simples y a otras formas verbales.

BÚSCALOS. Luego los copias y explicas por qué se da este cambio.

(Excluye las formas no personales.)

....

....

....

....

Esto es posible porque ....

....

....

....

4.5. Tú sabes que el significado de las palabras se puede obtener buscándolo en el *diccionario*.

También hemos conseguido el mismo objetivo imaginando el sentido que ofrece dentro del *contexto.*

Hay una tercera vía para conocer el significado de algunas palabras. Se trata de «descomponerlas» en piezas y averiguar el resultado del «puzzle» con el sentido de todas.

Así: *des-cascarill-ado* es una palabra compuesta de tres piezas.

des–
–cascarill–
–ado

Intenta descubrir el significado de las palabras siguientes. Todas pertenecen al capítulo que ahora comentábamos.

pordiosero, desarrapados, transeúntes, rebulle, descascarillado, siemprevivas.

....

....

....

....

....

....

4.6. El cochero ha llevado en su carruaje de caballos a la familia, desde la estación hasta la casa.

Escribe los nombres propios (calles, edificios, etc.) por donde van pasando.

....

....

....

....

....

....

5. Después de una guerra

Otra vez nos encontramos con las páginas del «Cuaderno de Laura». Observa la realidad descrita en sus vivencias de cada día. Parece que la jovencita entiende lo que pasa a su alrededor. Ella misma dice: *«Yo, en cambio, ya sé que estamos en un tiempo de después de una guerra.»*

5.1. Escribe alguno de los *«apuros»* que tuvo que sufrir la familia de Laura en sus primeros días de Aranjuez.

....

....

5.2. ¿Cómo intenta distraer Laura a sus hermanos en estos momentos de apuros?

....

....

....

5.3. ¿Por qué miraban los niños a Laura y sus hermanos, una noche cuando cenaban?

....

....

5.4. Seguro que has visto en el cine o en la televisión los desastres y las calamidades que dejan las guerras en los pueblos y en las gentes.

CUENTA algo que recuerdes sobre este tema.

6. Tartamudez pasajera

La segunda parte del libro *1943* comienza con unas páginas del «Cuaderno de Laura». El cuaderno donde escribimos las cosas que nos pasan es nuestro *diario.*

En un diario no es menester escribir todos los días. Algunas veces no nos ocurre nada que merezca la pena escribirse.

Tampoco reflejamos en el diario las mismas cosas de siempre. Habrá días con mucha comunicación y habrá días con pocas cosas interesantes.

6.1. Resume en tu cuaderno lo que cuenta Laura, en esta segunda parte, sobre la criada coja.

6.2. ¿Qué recuerdas sobre lo ocurrido con el «carro de los muertos»?

....

....

6.3. INFÓRMATE:

Algunos diarios han pasado a la historia de la literatura. «El diario de Ana Frank», por ejemplo.

Cuando te hayas informado bien escribe títulos de libros, para niños o para adultos, que estén escritos en forma de diario.

....

....

....

6.4. Escribe una página de «tu diario». Procura contar cosas de un día *«interesante»*.

....

....

....

6.5. Leticia es una de las chicas. Además está Lidia y Laura. El niño se llama Pedro.

¿Por qué tartamudeaba Lidia en el colegio y en su casa?

....

....

6.6. ¿Qué hicieron los padres de Lidia cuando observaron su tartamudez?

....

....

7. Pedrito es feliz

El menor de los cuatro hermanos, Pedrito, no tiene edad todavía de ir a la escuela. Pedrito dice que se aburre todo el día. Y también por las noches, porque no sueña.

7.1. Facundo es un amigo de Pedrito.

Haz un resumen, en tu cuaderno, con todo lo que recuerdes de este curioso personaje.

7.2. Copia la canción que recitó Facundo para que la oyera Pedrito.

....

....

....

7.3. Explica cuántos versos tiene esta canción y cuántas estrofas. Si tienes más conocimientos sobre métrica y poemas, explícalos también.

....

....

....

7.4. Pedrito jugaba con una lata de conservas vacía y una cuerda para tirar de ella.

Piensa tú en otros JUGUETES, como el de Pedrito, que pueden hacer los niños con objetos sencillos que no cuesten dinero.

¿CÓMO SE HACE?

Su dibujo	Su explicación

7.5. DESDE HACE MUCHO TIEMPO se han fabricado unos juguetes para niños y otros juguetes para niñas.

JUGUETES PARA NIÑOS	JUGUETES PARA NIÑAS
....	....
....	....
....	....
....	....
....	....
....	....

7.6. VAMOS A HACER UN DEBATE

GRUPO A: Vais a defender el tema:

DEBE HABER
UNOS JUGUETES PARA NIÑOS
Y OTROS JUGUETES PARA NIÑAS.

GRUPO B: TODOS LOS JUGUETES DEBEN
SERVIR A NIÑAS Y NIÑOS,
INDISTINTAMENTE,
DESDE MUY PEQUEÑOS.

No olvidéis elegir un moderador.

7.7. Después de participar en el debate, ¿qué opinas sobre el tema tratado?

¿Juguetes para niños y juguetes para niñas?

....

8. Una nueva casa

Poco a poco, la familia Montalvo fue acomodándose en Aranjuez. Colegio, paseos, amigos, mejoras en el trabajo y..., hasta una nueva casa.

8.1. Enlaza cada cuadro de la izquierda con su correspondiente de la derecha, según proceda.

Una estufa de carbón y un brasero de cisco	pensaron que ya, definitivamente, necesitaban otra casa.
Los padres preferían llevar a sus hijos a pasear al Jardín de la Isla,	ayudaban a sobrellevar la humedad y el frío.
Cuando los padres supieron que iban a tener un quinto hijo	porque estaba protegido por ser Patrimonio Nacional.

8.2. INFÓRMATE.

«De tarde en tarde pasaba un coche impulsado por gasógeno.»

Pregunta a personas mayores cómo eran estos coches. Explícalo por escrito y haz un dibujo sobre los datos que has anotado.

....

....

....

8.3. Según lo que has leído de la *«casa nueva»*, haz un plano imaginario sobre la distribución de sus habitaciones y servicios.

8.4. En el capítulo segundo de la Tercera Parte, aparece Aranjuez en primavera.

RECUERDA:
Dos familias de palabras se pueden formar con *árbol.*

Familia LEXICAL **árbol** familia SEMÁNTICA

Familia LEXICAL	familia SEMÁNTICA
arboleda	ciruelos
arbo.....	pinos
arbo.....	

8.5. INTENTA COLOCAR LOS SIGNOS +, – que significan sí, no, respectivamente, en el siguiente estudio de palabras que son *nombres.*

NOMBRES	*común*	*concreto*	*contable*	*masculino*	*colectivo*	*animado*
cigüeña	+	+	+	–	–	+
hojas						
Tajo						
bosque						
agua						
pájaros						
arena						

8.6. *Cigüeña* es una palabra con una dificultad ortográfica. Lleva diéresis sobre la *ü* para que suene delante de la *e.*

Escribe palabras con diéresis. Busca información en diccionarios, enciclopedias y otros libros.

cigüeña, agüita,

....

....

....

....

8.7. OPINA.

¿Crees que debe decirse a los pequeños que los niños vienen de París o que los trae la cigüeña? ¿Por qué?

9. Una criada de uniforme

La segunda criada de la familia Montalvo había servido antes en una casa «muy importante».

Siempre servía la mesa vestida de uniforme. Así es que a la nueva criada, digna y cumplida, que se llamaba Rosa, le hizo la madre de Laura un uniforme de color azul marino.

9.1. ¿Cómo te imaginas un uniforme de una criada? Descríbelo con el mayor número posible de adjetivos.

....

....

9.2. ¿Qué opinas sobre los uniformes de los colegios?

Argumenta tu opinión con el mayor número posible de razones.

....

....

10. Las fiestas de Aranjuez

10.1. Por San Fernando, 30 de mayo, se celebran las fiestas de Aranjuez.

TRABAJA EN EQUIPO:

Confeccionad un *programa de mano* para unas fiestas.

(Usad el papel que queráis.)

10.2. BUSCAD algún programa de feria o de fiestas en vuestro barrio o ciudad y comentad en clase cada uno de los actos y festejos.

10.3. Cuenta lo que le pasó a Pedrito con Facundo en las Fiestas de Aranjuez.

10.4. Lidia sintió envidia de su hermano recién nacido. ¿Por qué crees que le ocurrió?

11. Y para terminar...

11.1. Uno de los más bellos fragmentos de este libro son las cartas que las niñas escriben a su padre.

Léelas despacio. Luego imagínate que tu padre o tu madre están trabajando en el extranjero. Escribe una carta, contando cómo os va al resto de la familia.

11.2. Para terminar, vamos a recordar el viaje de la familia a Mallorca. Este viaje se hacía en dos etapas.

¿Cómo era la primera? ....

....

¿Cómo sería la segunda? ....

....

IMAGÍNATE un viaje a las Islas Baleares.

TRABAJO EN EQUIPO:

Haced un mural con recortes, fotografías, dibujos, información y noticias sobre las Islas Baleares.

Índice

Colección Alta Mar

Series

Títulos publicados

1. Carmen CONDE. *Despertar* (P).
2. Montserrat del AMO. *El abrazo del Nilo* (A).
3. Fernando ALMENA. *Los pieles rojas no quieren hacer el indio* (T).
4. Ángela C. IONESCU. *«Déjame solo, Joe»* (C).
5. Gianni PADOAN. *Concierto de Libertad* (NH).
6. Juan FARIAS. *Los apuros de un dibujante de historietas* (H).
7. Carlos MURCIANO. *La rana mundana* (P).
8. Juan MUÑOZ. *Las tres piedras y otros cuentos* (C).
9. Juana Aurora MAYORAL. *La cueva de la Luna* (CF).
10. Sauro MARIANELLI. *Una historia en la Historia* (NH).
11. Pilar MOLINA LLORENTE. *Aura gris* (NH).
12. Jean GUILLORÉ. *El viaje de Nicolás* (A).
13. Samuel BOLÍN. *Los casos del comisario Antonino* (M).

14. R. Hubert VON BISSING. *La Tierra del Oro Ardiente* (A).
15. Elvira MENÉNDEZ. *La máquina maravillosa* (CF).
16. Jules ROMAINS. *Knock o El triunfo de la medicina* (T).
17. Fernando ALMENA. *Marcelo Crecepelos* (H).
18. Juan MUÑOZ. *El feo, el bobo y el malo* (C).
19. Blanca GARCÍA-VALDECASAS. *Los chicos de La Maraña* (A).
20. Gloria FUERTES. *La poesía no es un cuento* (P).
21. Juana Aurora MAYORAL. *Enigma en el Curi-Cancha* (NH).
22. Alan C. McLEAN. *El fantasma del valle* (A).
23. Fernado G. TEJADA. *Noche de luna con gatos* (T).
24. Emilio SANJUÁN. *Simón, Simón* (H).
25. Jacques FUTRELLE. *La Máquina Pensante* (M).
26. José Luis VELASCO. *El Océano Galáctico* (CF).
27. Gabriel JANER MANILA. *Cuentos para los que duermen con un ojo abierto* (C).
28. Manfred LIMMROTH. *El pequeño Otto ha desaparecido* (H).
29. Hilda PERERA. *Mumú* (A).
30. Alfredo GÓMEZ CERDA. *Luisón* (C).
31. Christopher KNOCK. *Edgar Wallace y el caso Software* (M).
32. Antonio-Manuel FABREGAT. *Los cuentos de mi escuela* (C).
33. Fernando LALANA. *Edelmiro II y el dragón Gutiérrez* (T).
34. Avelino HERNÁNDEZ. *1943* (NH).
35. François GOUDET. *Marieta y los vikingos* (M).
36. Braulio LLAMERO. *El inspector Tigrili* (H).
37. Miguel Ángel MENDO. *Vacaciones en la cocina* (C).
38. Ángela C. IONESCU. *El país de las cosas perdidas* (C).

Títulos en preparación

Concha LÓPEZ NARVÁEZ. *El tiempo y la promesa* (NH).
Fernando ALMENA. *El Cisne Negro* (T).
José González TORICES. *Tengo mucho cuento* (C).
Raúl JIMÉNEZ. *Aldurabahim* (A).
M.ª Dolores ALIBÉS. *Superfantasmas en un supermercado* (H).
Alfredo GÓMEZ CERDÁ. *El laberinto de piedra* (A).
Esteban BUÑUEL. *Quiero ser astronauta* (P).
G. BEYERLEIN y H. LORENZ. *El sol no se detiene* (NH).
A. M. MAGALHÃES y I. ALÇADA. *Una aventura en la escuela* (M).